Julian Steiger

Absolut das Leben

Julian Steiger

Absolut das Leben

Roman nach der Fernsehserie
Absolut das Leben

vgs

Die Deutsche Bibliothek – CIP-Einheitsaufnahme

Steiger, Julian:
Absolut das Leben : Roman nach der Fernsehserie
Absolut das Leben / Julian Steiger. – 1. Aufl. – Köln : vgs, 2002
ISBN 3-8025-2914-6

Der Roman »Absolut das Leben« basiert auf der Fernsehserie
des NDR für ARD-Das Erste,
produziert von der MULTIMEDIA GmbH.

Lizenziert von NDR MEDIA GMBH,
Rothenbaumchaussee 161, 20149 Hamburg

1. Auflage 2002

Redaktion und Lektorat: Literatur-Agentur Axel Poldner
Umschlaggestaltung: Alex Ziegler, Köln
Titelfoto: © ARD/Thorsten Jander
Satz: Kalle Giese, Overath
Druck: Clausen & Bosse, Leck
Printed in Germany
ISBN 3-8025-2914-6

Inhalt

1 Das Leben geht weiter 7

2 Im Auge des Gesetzes 29

3 Das Rennen 51

4 Sonnenfinsternis 72

5 Traumtyp 92

6 Der Verdacht 113

Das Leben geht weiter

Wann würde das endlich aufhören? Malte Reetkoven ertrug keine Abschiede mehr. Vor drei Monaten erst hatte er seine Eltern durch einen Verkehrsunfall verloren und jetzt stand er mit seiner amerikanischen Freundin Pat am Hamburger Flughafen. Im Moment wusste er nur zwei Dinge – die aber mit schmerzlicher Gewissheit: Er liebte Pat – und er würde sie für eine sehr lange Zeit nicht wieder sehen. Noch einmal strich er zärtlich über ihre braunen Locken, verlor sich in ihren großen dunklen Augen und ließ sich zu einem Versprechen hinreißen, von dem er selbst wusste, dass er es nicht halten konnte. »Ich komme dich bald besuchen, Pat«, sagte er, »ich …« Sie legte ihren Zeigefinger auf seine Lippen. »Du hast dich entschieden, bei deinen Geschwistern zu bleiben«, sagte sie ohne jeden Vorwurf. Mehrmals hatte sie ihm versichert, sie hätte sich in seiner Situation genauso verhalten.

Etwas entfernt standen Maltes Geschwister Nina und Lukas und beobachteten die Abschiedsszene. Sie wussten beide, dass sie der Grund für die Trennung des Liebespaares waren. Und auch dafür, dass Malte sein Jurastudium in Boston abgebrochen hatte, obwohl er sich dort sehr wohl gefühlt hatte. Er hätte es sich leicht machen und seine halbwüchsigen Geschwister bis zur Volljährigkeit in ein Internat schicken können, so wie das Jugendamt und ihr Vormund Karl Friedrich Steinweber es vorgeschlagen hatten. Aber Malte wollte das nicht. Auch wenn es nicht immer danach aussah, Nina und Lukas wussten, was er für sie aufgab, und waren ihm dankbar, wenn auch mit einer Portion schlechten Gewissens.

Der letzte Aufruf für die Passagiere der Maschine nach Boston hallte durch die Flugabfertigung. Malte spürte einen Stich im Herzen. Ein letzter Kuss. Ein letztes Mal der süße Duft ihres Parfüms. Dann war Pat fort. Für sehr lange

Zeit. Wie ein Ertrinkender an einen Rettungsring klammerte Malte sich an ihr Versprechen, immer für ihn da zu sein.

Nina und Lukas nahmen ihren großen Bruder in die Mitte. So verließen sie das Flughafengebäude. Sie hatten gesehen, wie Malte sich heimlich die Tränen aus den Augen gewischt hatte, ehe er zu ihnen kam. Muss Liebe schön sein, dachte Lukas, sonst könnte sie nicht so wehtun. Trotzdem konnte er mit seinen dreizehn Jahren noch nicht so richtig verstehen, was an Mädchen so toll sein sollte.

Auf der Rückfahrt in die Stadt herrschte noch immer betretenes Schweigen unter den dreien. Daran konnte auch die freundlich am blauen Himmel lachende Sonne nichts ändern. Erst als Nina die Kassette mit dem Song laufen ließ, den ihr bester Freund Kai für Malte geschrieben und aufgenommen hatte, ließ der Schmerz in Maltes Brust etwas nach. Vielleicht brachte ihn auch Lukas' Hand, die sich von hinten auf seine Schulter legte, wieder ins Hier und Jetzt zurück. »Du hast doch uns«, sagte Lukas tröstend. Nina nickte zustimmend. Ein verhaltenes Lächeln trat auf Maltes Lippen. Er wusste wieder, warum er geblieben war. Und auch, dass er das Richtige tat.

Wir werden allen beweisen, dass es klappt, dachte er. Drei Geschwister ohne Eltern – das muss nicht zwangsläufig zu Verwahrlosung und Chaos führen. Viele Leute zweifelten; sogar ihr Vormund Steinweber, den sie nur Stein nannten, gehörte zu ihnen, auch wenn er dem Versuch mit Wohlwollen gegenüberstand.

Zu Hause angekommen, holte der Alltag die drei Waisen sofort wieder ein. Eine Putzfrau musste engagiert werden. Also keine Zeit mehr, Trübsal zu blasen, auch für Malte nicht. Eine Bewerberin nach der anderen fand sich zum Vorstellungsgespräch ein. Die eine wies Referenzen von Professoren und Grafen vor und war so etepetete, als wäre sie selbst eine Von-und-zu. Eine andere gab an, Kinder zu lieben, aber ihre penetrante Fröhlichkeit nervte. Die Dritte wollte nicht »über Kopf« arbeiten, also keine hohen Fenster und Schränke reinigen, die Letzte schien ziemlich ausgebucht zu sein und verhedderte sich so sehr in ihren Terminen, dass sie zuletzt nicht mehr sicher wusste, wann sie eigentlich kommen konnte.

Nachdem die letzte Bewerberin das Haus verlassen hatte, tagte in der Küche der Familienrat. Malte sprach sich für die Gräfin aus. »Die putzt aus Leidenschaft«, glaubte er. »Das ist doch 'ne Zicke«, wandte Lukas ein. Seine Favoritin war die, die Kinder mochte. »Die ist bestimmt am lockersten.«

Nina schüttelte den Kopf. »Die war falsch freundlich«, sagte sie mit der Bestimmtheit einer sechzehnjährigen Menschenkennerin. »Die Gräfin war ehrlich zickig. Das ist mir lieber.«

Mit zwei zu einer Stimme wurde beschlossen, die Gräfin anzustellen. Lukas gab sich geschlagen und meinte nur: »Bei der müssen wir wahrscheinlich putzen, *bevor* sie kommt.«

Viertel vor acht. Das Gymnasium füllte sich mit Leben. Auf dem Hof vor dem roten Klinkerbau sammelten sich Grüppchen von Schülern. Ewig die gleichen Cliquen, die immer ihre Köpfe zusammensteckten. An der Schule fanden sich ganz verschiedene Gruppen ein: die coolen Frühreifen, die Sportler, die Ökos. Nina gehörte zu keiner von ihnen. Das Gefühl, zwischen allen Stühlen zu sitzen, hatte sie seit ihrer Kindheit. Wahrscheinlich lag das an ihrem Dickkopf. Früher war das kein Problem für sie gewesen. Die Familie hatte ihr Geborgenheit und Kraft gegeben. Aber seit dem Tod ihrer Eltern fühlte sie sich unsicher, ungeschützt. Nicht nur, weil sie einen wichtigen Teil ihres Nestes unwiederbringlich verloren hatte. Das Leben hatte sie auf schmerzvolle Weise berührt und ihr gezeigt, was alles passieren konnte. Wenn es möglich war, dass ihr beide Eltern genommen wurden – wovor war sie dann überhaupt sicher?

Nina hatte eben ihr Fahrrad abgeschlossen, als Kai mit einem breiten Lächeln auf sie zukam. Die beiden waren seit dem Kindergarten dicke Freunde. Aber in letzter Zeit fiel Nina auf, dass Kai sie manchmal mit einem merkwürdigen Blick ansah. Er widmete ihr Songs. Sie war nicht so naiv, um nicht zu wissen, was das bedeutete. Sicher war ihm nicht entgangen, dass sie eine junge Frau geworden war, auch wenn sie ihre Reize nicht so zur Schau stellte wie Jeanette, Jacqueline und die anderen Mädchen aus der Clique. Nina mochte Kai, sehr sogar. Wenn er seine Unentschlossenheit abgelegt und einen Annäherungsversuch unternommen hätte – wer weiß? Aber sie hatten beide Angst. Sie standen an einer Grenze und wussten nicht, was sie auf der anderen Seite erwartete. Nur dass es kein Zurück gäbe, wenn sie den Schritt einmal getan hatten, das wussten sie.

»Hast du das Geld dabei?«, fragte Kai, während sie über den Schulhof gingen.

Nina blieb stehen und sah ihn überrascht an. »Was für Geld?«

»Für den Segeltörn der AG«, entgegnete er. »Wir sollen heute die Anzahlung mitbringen.«

Ninas Miene verfinsterte sich. »Und wieso sagt mir keiner was?«

»Wir hatten eine Telefonkette. Jeanette sollte dich anrufen.«

Alles klar! Dumme Nuss!, dachte Nina und schaute zur Mädchenclique hinüber. Wie eine Schar gackernder Hühner hatte sie sich am Eingang des Schulhofes versammelt. Nina schätzte den IQ von Hühnern höher ein als den dieser frühreifen Früchtchen in ihren Miniröcken, knallengen Röhrenhosen und knappen Tops und den geschminkten, maskenhaften Gesichtern. Sie spielten Erwachsensein, in Wahrheit waren sie aber noch Kinder. Was wussten die schon vom Leben?

Jeanette grinste schadenfroh. Offenbar ahnte sie, warum Nina sie so böse ansah.

»Du kommst doch mit?«, fragte Kai unterdessen.

»Na logo«, gab Nina zurück. Von den Tussen lass ich mir den Urlaub nicht vermiesen, dachte sie.

»Toll! Zwei Wochen Sonne, Meer, Griechenland. Das wird ein Knaller. Finde ich spitze, dass du dabei bist.«

Er strahlte über das ganze Gesicht. Nina ahnte den Grund. Wahrscheinlich erhoffte er sich von der Mischung aus Ferienstimmung und mediterranem Ambiente etwas mehr Romantik zwischen ihnen beiden.

Nina hatte im Moment nichts für Kais Träumereien übrig, denn Jeanettes Gemeinheit ärgerte sie. Aber sie gönnte ihr die Genugtuung nicht, sie wütend zu sehen. Deshalb sagte sie weder jetzt noch in der Pause was zu ihr. Und als die Segel-AG sich nach dem Unterricht vor der Segelschule, die an der Außenalster lag, versammelte, sagte sie auch nur im Vorübergehen und über die Schulter hinweg: »Vielen Dank für deinen Anruf.«

»Bei euch war immer besetzt«, rechtfertigte sich Jeanette, während die anderen kicherten. »Und heute Morgen hab ich es vergessen.«

»Schon klar, dass so ein winziges Gehirn nicht viel behalten kann«, konterte Nina.

Jeanette konnte dagegen nur ein flaches Lächeln aufbieten. So schnell wollte ihr keine Gemeinheit einfallen. Aber sie würde die Beleidigung bestimmt nicht vergessen und bei einer passenden Gelegenheit mit gleicher Münze zurückzahlen.

Als die AG endlich vollzählig war, ergriff Jan das Wort. Er machte sich gerne wichtig und kehrte den harten Kerl raus, was zu seinem jungenhaften Äußeren wenig passte. *Knallhart* verlangte er eine Zusage, morgen müsse er *knallhart* Bescheid wissen. *Knallhart* war seit neuestem sein Lieblingswort. Umso verärgerter war er, als er nur windelweiche Antworten erhielt. Nur Nina und ein paar andere sagten sicher zu, der Rest, auch Kai, musste bei den Eltern noch letzte Überzeugungsarbeit leisten.

»Probleme mit den Eltern hast du natürlich nicht«, sagte Jeanette spitz zu Nina. Sogar ein paar ihrer Freundinnen verdrehten die Augen. Nina mit dem Tod ihrer Eltern aufzuziehen, fanden sogar sie hart an der Grenze.

Nina zuckte zusammen. Ihr Blick irrte ein wenig herum, ehe sie zu Boden sah. Zumindest konnte sie die Tränen, die in ihre Augen drängten, unterdrücken. Sie hasste es, so verletzlich zu sein. Sie fühlte sich nackt und allein vor den anderen. Dass Kai sie verteidigte, war nur ein schwacher Trost. »Du bist so blöd«, herrschte er Jeanette an. Aber die zog nur arrogant die säuberlich gezupften Augenbrauen hoch.

Mit Problemen ganz anderer Art hatte Lukas an diesem Morgen zu kämpfen. »Lateinarbeit« stand wie ein Menetekel in seinem Schülerkalender. Und das, was seine Mitschüler in unschuldiger Taktlosigkeit »Waisenbonus« nannten, war allmählich verbraucht. Beim Frühstück hatte er sich den ganzen Unterarm voll mit lateinischen Vokabeln geschrieben, aber es war alles umsonst. Fünf plus – weiter reichten seine Hoffnungen nicht.

Nachdem die Lateinlehrerin Frau Puschke die Arbeiten eingesammelt hatte, wandte sie sich noch einmal an die Klasse. Sie suchte für die Dauer ihrer Klassenfahrt mit dem Latein-Leistungskurs nach Rom eine Bleibe für ihren Hasen Cäsar. Lukas witterte eine Chance, sich die Lateinlehrerin gewogen zu machen und meldete sich freiwillig.

Nach der Schule brachte Frau Puschke den Hasen in einem Käfig vorbei. Sie wollte ihn Lukas schon überreichen, als Hundegebell aus dem Haus sie zurückzucken ließ. Eismann, die kniehohe Promenadenmischung der Familie Reetkoven. »Ihr habt doch nicht etwa einen Hund«, fragte Frau Puschke besorgt. »Cäsar ist nicht mehr der Jüngste und darf sich nicht aufregen.«

»Das ist der Hund der Nachbarn«, log Lukas. »Er ist nur zu Besuch bei uns.«

Frau Puschke sah ihn skeptisch an, entschloss sich dann aber, ihm zu glauben, vor allem, weil sie niemand anders hatte, der bereit gewesen wäre, den Hasen zu nehmen. Nachdem sie Lukas noch Futtergeld in die Hand gedrückt und darauf hingewiesen hatte, dass Hasenhüten nicht den geringsten Einfluss auf Schulnoten habe, wandte sie sich um und verschwand durch den Vorgarten.

Drinnen warteten schon Lukas' Freunde Til und Tobias, um das Langohr in Augenschein zu nehmen. Til war Lukas' bester Freund und Kais kleiner Adoptivbruder. Nachdem Lukas den Käfig im Flur abgestellt hatte, öffneten die Jungen die Tür, um den Hasen anfassen zu können. Doch auch Eismanns empfindliche Nase hatte den neuen Hausgenossen ausgemacht. Bellend stürmte er die Treppe herab, um ihn zu begrüßen.

Cäsar war so viel geballter Aufmerksamkeit nicht gewachsen, ganz abgesehen davon, dass das Hundegebell all seine Fluchtinstinkte aktivierte. Wie ein Stück Seife flutschte er Til durch die Hände und schoss ins Wohnzimmer. Eismann nahm die Herausforderung an und jagte hinterher. Dabei stieß er gegen einen kleinen Beistelltisch, eine Schatulle fiel klirrend herunter und ihr Inhalt verteilte sich über den Boden. Betreten stand Lukas da und betrachtete den Schaden.

Til hob die Schatulle auf – oder vielmehr die Einzelteile – und reichte sie Lukas. An der Innenseite des Deckels befand sich ein Familienfoto. Auweia, dachte Lukas. Seine Mutter hatte die Schatulle selbst gebastelt, Nina bewahrte darin Schmuckstücke und andere Andenken an ihre Mutter auf. Sie war ihr absolutes Heiligtum.

»Das kann man wieder reparieren«, sagte Til aufmunternd.

Da läutete es an der Haustür. Lukas öffnete. Die Putzfrau mit den gräflichen Referenzen und dem bürgerlichen Namen Meier stand vor ihm. Die hatte er ganz vergessen. Ihre feine Nase roch sofort die Ausdünstungen des Hasenkäfigs. Sie verkniff sich jedoch eine Bemerkung, legte den Mantel ab und folgte Lukas zur Abstellkammer, wo das Putzzeug stand. Während sie ihre Arbeitsgeräte begutachtete, verabschiedeten sich Til und Tobias.

Frau Meier setzte Lukas in Kenntnis, dass sie nur mit emailliertem Kehrblech mit Gummikante arbeiten könne und trat dann ins Wohnzimmer, wo Eismann hechelnd vor dem Sofa saß. Fragend sah die Putzfrau Lukas an. »Was hat der Hund?«

»Nichts«, entgegnete der Junge schulterzuckend, »er will nur zu dem Hasen, der unter dem Sofa sitzt.«

Dann packte er Eismann am Halsband und zog ihn fort. Erst da wurden die zahlreichen kleinen Kotkügelchen auf dem Teppich sichtbar. »Was ist denn das?«, fuhr Frau Meier auf.

»Wofür halten Sie es denn?«

Frau Meier machte auf dem Absatz kehrt. »Ich glaube nicht, dass das ein adäquater Arbeitsplatz für mich ist«, erklärte sie empört und nahm ihren Mantel. Wenig später fiel die Haustür ins Schloss.

Damit war die Sache für Lukas aber noch längst nicht ausgestanden. Auch wenn er bis zur Heimkehr seiner Geschwister Cäsar eingefangen und seine Hinterlassenschaften beseitigt hatte, musste er sich auf ein Donnerwetter gefasst machen. Malte war dann auch verärgert, dass sein kleiner Bruder den Hasen ohne vorherige Absprache einfach aufgenommen und die Putzfrau schon an ihrem ersten Arbeitstag vergrault hatte. Und Nina trauerte um die Schmuckschatulle, die zu Bruch gegangen war.

Mit einem schlechten Gewissen verdrückte Lukas sich in sein Zimmer. Er hatte bei Malte noch einmal eine Galgenfrist für Cäsar erwirkt. Sein Bruder hatte ja keine Ahnung, wie viel für Lukas auf dem Spiel stand. Irgendwie hoffte er, dass Frau Puschke nicht ganz so unbestechlich war, wie sie sich gegeben hatte. Eigentlich war sie ja auch ganz nett. Er war auf ihr Wohlwollen angewiesen, sonst konnte er das Schuljahr abschreiben. Wenn er aber sitzen blieb, würden das Jugendamt und vielleicht auch Steinweber daraus schließen, dass die drei Geschwister doch nicht zusammenleben konnten. Und was dann geschah, hatte er sich schon zigmal ausgemalt: Man würde ihn und Nina in ein Internat stecken. Lukas wollte aber, dass er, Nina und Malte zusammenblieben. Seine Geschwister waren der letzte Rest an

Familie, den er noch hatte und den er so dringend brauchte, nachdem ihm durch den Tod der Eltern der Boden unter den Füßen weggezogen worden war.

Während sein kleiner Bruder auf dem Bett lag und sich den Kopf über seine ungewisse Zukunft zerbrach, saß Malte allein im Wohnzimmer und sah sich ein Video an, das Pat vor ihrem Abschied mit ihrer Videokamera von sich aufgenommen hatte und in dem sie ihm noch einmal ihre Liebe versicherte. Seine Augen wurden feucht. Pat fehlte ihm. Als ihn in Boston die Nachricht vom Tod seiner Eltern erreicht hatte, hatte Pat alles hingeschmissen und war mit ihm nach Deutschland gekommen. Sie hatte den Haushalt geführt, geputzt, gekocht, gewaschen. Mit ihr zusammen hätte Malte sich alles zugetraut. Aber allein? Ohne sie fühlte er sich so schwach.

Am nächsten Morgen fuhr Malte in einen großen Elektromarkt, eigentlich um eine neue Geschirrspülmaschine zu kaufen, denn die alte hatte den Dienst quittiert. Aber dann kam er an der Videoabteilung vorbei und stieß auf einen Camcorder, ein Sonderangebot, dem er nicht widerstehen konnte. Pat sollte von ihm auch ein Video bekommen. Auf dem Nachhauseweg nagte zwar sein schlechtes Gewissen an ihm, denn eine so hohe Sonderausgabe war im Etat nicht vorgesehen. Aber dann dachte er: Was soll's, reparieren wir eben die alte Spülmaschine noch einmal.

Als er zu Hause ankam, waren Nina und Lukas schon aus der Schule zurück. Kaum hatte er den Camcorder angeschlossen, kam Nina ins Wohnzimmer. Begeistert führte Malte ihr die Kamera mit dem kleinen, schwenkbaren Monitor vor, auf dem man das Aufgenommene sofort begutachten konnte. Kühl fragte Nina, woher er das Geld für die Kamera habe.

Er ging nicht darauf ein, sondern spielte weiter an dem Gerät herum – bis plötzlich der Monitor ausfiel. Malte drehte daran herum, drückte ein paar Knöpfe, prüfte die Stecker. Nichts. Nina bemerkte hinter dem Wohnzimmersessel, an dem das Kabel vorbeilief, Hasenköttel. Ihr kam ein schlimmer Verdacht. Sie zog das Kabel hervor. Durchgebissen!

Malte rastete beinahe aus, als er das sah. »Lukas!«, brüllte er durch den Flur. »Dein blöder Hase hat das Videokabel durchgebissen.«

Lukas stürzte die Treppe herab. »Ist er tot?«

»Der Hase kommt weg!«, schrie Malte. »Er hat genug angestellt! Wenn er morgen noch da ist, bringe ich ihn eigenhändig ins Tierheim! Hier kann doch nicht jeder machen, was er will!«

»Ich finde auch, dass es keine gute Idee war, hier einfach mit dem Hasen anzutanzen«, stimmte Nina zu. »Du hättest wenigstens mal fragen können.«

So ist das also, dachte Lukas. Die beiden verbünden sich gegen mich und ich als der Kleinste bin der Dumme, der nach der Pfeife der anderen zu tanzen hat. Die Wut schnürte ihm die Kehle zu. Deshalb rannte er einfach davon.

Auch am nächsten Morgen war Lukas noch immer eingeschnappt. Als er in die Küche kam, fand er Nina und Malte in schöner Einträchtigkeit beim Geschirr spülen. Er setzte sich an den Frühstückstisch und fing an zu essen. »Wann kriegen wir denn nun eine neue Spülmaschine?«, fragte er.

»Malte will lieber die alte reparieren lassen«, sagte Nina.

»Wenn Malte das will«, nölte Lukas und stocherte in seinen Cornflakes herum. »Er bestimmt ja sowieso alles.«

Nina warf ihm einen vorwurfsvollen Blick zu. Sie fand Lukas' Nörgelei ziemlich kleinlich angesichts dessen, was Malte für sie beide aufgegeben hatte: Freundin, Studium in Amerika, Freizeit.

Äußerlich schien Lukas' Trotz an Malte abzuprallen. In seinem Innern aber bohrte die Frage, ob er nicht zu hart zu Lukas gewesen war. Sicher, Nina war auf seiner Seite. Aber wie lange? Nur bis sie selbst mit einer Entscheidung nicht einverstanden sein würde.

Den Beweis dafür sollte Malte früher erhalten, als ihm lieb sein konnte. Er hatte sich kaum an den Tisch gesetzt, da fragte Nina beiläufig, während sie einen Toast mit Butter bestrich: »Kann ich zweihundertfünfzig Euro aus unserer Gemeinschaftskasse als Urlaubsgeld vorgestreckt bekommen?«

Malte setzte die Tasse ab, ohne getrunken zu haben. »Welchen Urlaub?«

Nina erzählte vom Segeltörn in der Ägäis auf einem »eins a hochseetauglichen Schiff«. Malte gefiel überhaupt nicht, was er da hörte. Am wenigsten aber gefiel ihm, dass die Jugendlichen ohne Aufsichtsperson wegfahren wollten. Mit seinen dreiundzwanzig Jahren war er noch jung genug, um sich vorstellen zu können, welche Dummheiten ein Haufen junger Leute auszuhecken imstande war. »Ich will nicht, dass du da mitfährst«, sagte Malte, nachdem seine Schwester zu Ende erzählt hatte.

Nina blieb der Toast im Halse stecken. »Du willst mir die Fahrt verbieten?«

»Ja.«

»Aber alle anderen dürfen mit. Ich hab außerdem schon zugesagt.«

»Sagst du eben wieder ab.«

»Das kannst du doch nicht machen!«

Konnte er. Er war der Erziehungsberechtigte. Da half kein Betteln und kein Flehen, Malte blieb hart wie ein Felsen. Die Kaffeetasse in der Hand verließ er die Küche.

»Wir werden ja sehen, ob ich fahre oder nicht!«, rief Nina ihm hinterher. Ihre Wangen waren vom Zorn gerötet.

Lukas hatte den Streit nicht ohne Genugtuung verfolgt. »Gestern wart ihr euch noch einig, dass man nach allem fragen muss«, sagte er schadenfroh.

»Das ist doch was ganz anderes«, versetzte Nina, stand auf und stellte den Teller mit dem halb gegessenen Toast neben die Spüle. Für den Moment war ihr der Appetit vergangen.

»Und was machst du jetzt?«, fragte Lukas.

»Ich geh zu Stein«, erklärte Nina, schon auf dem Weg in den Flur. »Glaubst du, ich lasse mir das so einfach gefallen?« Sie nahm ihre Schultasche und verließ das Haus.

Auf dem Pausenhof erwartete sie allerdings schon die nächste Überraschung. Kai ließ sie wissen, dass er nun doch nicht mitkommen könne, weil er mit seinen Eltern in Urlaub fahren würde. Sie hatten ihm einen Tauchkurs in Tunesien geschenkt. »Du brauchst aber meinetwegen nicht auch abzusagen«, fügte er hinzu.

»Sehe ich so aus?«, gab sie schnippisch zurück, obwohl es für sie ohne Kai nur halb so viel Spaß machen würde, denn für die anderen war sie ja eine Außenseiterin.

Gemeinsam gingen sie zu den anderen Teilnehmern der Segel-AG, die sich vor dem Schuleingang versammelt hatten. Jan hatte seine Liste gezückt, machte Häkchen oder strich Namen knallhart durch. Zum Beispiel Kai. Und auch Jeanette. Die machte sich sofort an Kai heran. »Dann können wir in den Ferien ja was zusammen unternehmen«, sagte sie mit einem Augenaufschlag, den sie von einer zweitklassigen Schauspielerin abgekupfert haben musste. Nina tat so, als habe sie es nicht gehört. Dabei merkte sie schon lange, dass ausgerechnet Jeanette Kai schöne Augen machte. Es gefiel ihr nicht, ebenso wenig wie das Gefühl, das es bei ihr auslöste. War das wirklich Eifersucht?

Als Jan alle Häkchen und Striche gemacht hatte, faltete er seine Liste zusammen und steckte sie ein. »Für alle, die mitkommen, ist morgen letzter Zahlungstermin«, verkündete er, schulterte seine Tasche und verschwand mit den Kumpels, mit denen er immer zusammen war.

Den ganzen Vormittag über zerbrach Nina sich den Kopf, woher sie das Geld für den Segeltörn nehmen sollte. Sie hatte zwar ein Sparbuch, aber um an das Geld zu kommen, brauchte sie die Zustimmung ihres Vormundes, also Steinwebers, oder ihres Erziehungsberechtigten. Und das war Malte. Es ging längst nicht mehr nur um die Reise, die hatte durch Kais Absage ohnehin an Reiz verloren. Es ging vor allem darum, dass sie sich von Malte nicht vorschreiben lassen wollte, was sie zu tun und zu lassen hatte.

Gleich nach der Schule fuhr Nina zu Steinwebers Kanzlei. Neben der Tür hing noch das alte Schild, das seit drei Monaten veraltet war.

Reetkoven & Steinweber, Anwälte, Notare. Heinrich Reetkoven und Karl Friedrich Steinweber hatten schon zusammen die Schulbank gedrückt. Sie waren so was wie Freunde fürs Leben gewesen, einer wäre für den anderen durchs Feuer gegangen.

Von Steinwebers Bürofenster aus konnte man auf den Hafen sehen, auf die Werft von Bloom und Voss, in der die großen Tanker und Kreuzfahrtschiffe gebaut wurden, und auf die dahinterliegenden Kräne der Docks. Ninas Vater hatte diesen Ausblick geliebt. Er nannte sich selbst ein Kind des Meeres und wenn er nicht Anwalt geworden wäre, wäre er vielleicht zur See gefahren. Natürlich hatte er gewusst, dass das einer jener Träume war, die am besten unerfüllt blieben.

Die Bürotür hatte Nina kaum hinter sich geschlossen, da legte sie auch schon los, redete sich den ganzen Ärger von der Seele, beschwerte sich vor allem über Maltes Ungerechtigkeit und Anmaßung. Geduldig hörte Steinweber zu. »Du als mein Vormund kannst mir was erlauben oder verbieten«, schloss sie. »Aber doch nicht Malte. Er ist mein Bruder und weiß doch gar nicht, wie das geht. Erziehung, meine ich.«

Steinweber lehnte sich vor, stützte die Ellbogen auf den Schreibtisch. »Ich finde, Malte hat Recht«, sagte er. »Außerdem habt ihr Malte als Aufsichtsperson akzeptiert. Und da kann er auch mal ein Verbot aussprechen.«

Das war nicht die Antwort, die Nina sich erhofft hatte. »Nicht solche Verbote«, widersprach sie, »die so tief in meine Lebensgestaltung eingreifen.« Der Anwalt schmunzelte verhalten, als er die hochtrabenden Worte hörte. »Du hast gesagt, wir können immer zu dir kommen, wenn wir ein Problem haben.«

»Wir haben aber auch abgemacht, dass ihr erst mal versucht, die Probleme unter euch zu klären«, versetzte Steinweber. Doch als er Ninas unzufriedene Miene sah, lenkte er ein und versprach, sich um die Sache zu kümmern.

Kaum war Nina fort, erhielt Steinweber erneut Besuch: Lukas. Den ganzen Vormittag versuchte er schon, eine Bleibe für Cäsar zu finden, aber niemand wollte oder konnte ihn nehmen. Steinweber war seine letzte Hoffnung. Nachdem auch er sein Leid geklagt hatte, sah er Steinweber erwartungsvoll an und schloss: »Du hast gesagt, wenn's brennt, bist du immer für uns da.«

Steinweber seufzte. »Wir finden schon eine Lösung.«

Wenigstens das Problem mit der Putzfrau schien gelöst zu sein. Nach dem Reinfall mit der ersten Kandidatin hatte Malte die nächste Bewerberin auf der Liste angerufen und für den kommenden Tag um die Mittagszeit bestellt. Elvira Hauptmann traf pünktlich ein und machte einen freundlichen und unkomplizierten Eindruck. Sogar den Hasenkot, der vom Vorabend noch hinter dem Sofa lag, entfernte sie ohne Beschwerde. Mit einem guten Gefühl ließ Malte sie allein und fuhr zur Uni, um sich für das neue Semester einzuschreiben.

Dass Elvira Hauptmann vielleicht doch keine so gute Wahl war, merkte Lukas, als er von Steinweber zurückkam. Sie saß in der Küche, Eismann hatte seinen Kopf in ihren Schoß gelegt und ließ sich von ihr verwöhnen. Sein Napf war voll, die Kognakflasche auf dem Küchentisch leer und die Luft verdächtig von Alkoholdunst geschwängert.

»Haben Sie dem Hund was zu fressen gegeben?«, fragte Lukas vorwurfsvoll.

»I wo«, winkte Elvira Hauptmann ab. »Der Napf ist ja noch voll.« Sie redete mit schwerer Zunge, Wangen und Nasenspitze waren gerötet.

»Eben drum«, versetzte Lukas knapp. Wenn Nimmersatt Eismann einen vollen Fressnapf stehen ließ, musste er vorher umso üppiger getafelt haben. Die Verdauungsbeschwerden würden bestimmt nicht lange auf sich warten lassen.

Lukas verschwand in sein Zimmer, um Schularbeiten zu machen. Von unten drang das Geklapper von Tellern und das Heulen des Staubsaugers zu ihm herauf. Irgendwann hörte er Malte nach Hause kommen. Und dann war es plötzlich ruhig. Verdächtig ruhig. Lukas schwante, dass das nichts Gutes bedeuten konnte. Deshalb ging er nach unten, um nachzusehen.

Was Lukas dann im Wohnzimmer sah, versetzte ihn in ratloses Staunen. Auch Malte hatte die auffällige Stille aus dem Keller gelockt, er staunte nicht weniger. Und Nina, die gerade nach Hause kam, glaubte, ihren Augen nicht zu trauen. So standen sie da und betrachteten Elvira Hauptmann, die zusammen mit Eismann auf dem Sofa lag und ihren Rausch ausschlief.

Elvira Hauptmanns erster Arbeitstag war zugleich ihr letzter. Malte rief ein Taxi, gemeinsam führten die drei Geschwister die torkelnde Putzfrau nach draußen und setzten sie in den Wagen. »Schön war es bei euch«, verabschiedete sie sich fröhlich.

Die drei atmeten auf, als sie endlich weg war. Da sie aber wieder ohne Putzfrau dastanden, rief Malte sogleich die nächste an: Mathilde Büchner, die Kinderfreundliche.

Pünktlich auf die Minute fand sie sich am nächsten Morgen ein. Malte, Nina und Lukas saßen noch beim Frühstück. Schon zu so früher Stunde sprühte Mathilde Büchner nur so vor Fröhlichkeit. Sie lächelte andauernd und fuhr Lukas durch das dichte braune Haar. Er entzog sich ihrer Zudringlichkeit und dachte: Ich bin doch nicht Eismann.

Nina nervte das Getue von der ersten Sekunde an. Dabei war sie heute Morgen schon angespannt genug, denn heute musste der Segeltörn bezahlt werden. Sie hatte sich bei Kai und Lukas Geld geborgt, zweihundertundzwölf Euro, mehr war nicht drin. Ob Jan sich damit zufrieden geben würde? Eigentlich waren zweihundertfünfzig Euro Anzahlung abgemacht. Es ärgerte sie, dass Malte sich das Recht herausnahm, ohne jede Absprache eintausendachthundert Euro für seine Kamera aus der gemeinsamen Kasse zu nehmen, bei ihr aber den verantwortungsvollen Erziehungsberechtigten spielte.

»Kann ich dich mal sprechen, Malte?«, fragte Nina und stand auf. »Im Wohnzimmer«, fügte sie mit einem Seitenblick auf Frau Büchner hinzu, die gerade Spülwasser für das schmutzige Geschirr vom Vortag einlaufen ließ. Jetzt aber wandte sie sich um und lächelte: »Vor mir braucht ihr doch keine Geheimnisse zu haben.« Nina rollte genervt ihre Augen.

»Klar kann ich nicht segeln fahren, wenn du unser ganzes Geld in deine Videokamera steckst«, warf sie Malte vor, als die beiden allein waren.

»Das eine hat doch mit dem anderen nichts zu tun«, wehrte Malte ab. Er verschränkte die Arme vor der Brust.

Zwischen Ninas Augen bildete sich eine tiefe Furche, ihre Stirn legte sich in Falten. »Du bist total egoistisch«, warf sie ihrem Bruder vor. »Erst gibst du unser gemeinsames Geld für deine Zwecke aus, und wenn ich mal was will, fertigst du mich mit pädagogischem Blabla ab. Ich will sofort die zweihundertfünfzig Euro!« Ihr Zorn prallte an Malte ab wie an Granit, und das machte sie nur noch wütender.

Mit einem Mal, wie aus dem Nichts geradezu, stand Frau Büchner neben ihnen, ihr unzerstörbares Lächeln auf dem Gesicht. »Wir wollen uns doch nicht streiten, Kinder«, sagte sie. »Reicht euch die Hand und dann reden wir vernünftig darüber.«

Als sie Ninas Hand nehmen wollte, fuhr sie zurück. »Sie haben wohl einen an der Klatsche! Sie sind hier als Putzfrau angestellt und nicht als Ersatzmutter.«

Zum ersten Mal erstarb das Lächeln auf Mathilde Büchners Gesicht. Sie schluckte trocken. Tief verletzt drehte sie sich um und ging zur Tür. Dort blieb sie noch einmal stehen und sagte: »Unter diesen Umständen … auf Wiedersehen.« Dann nahm sie ihren Mantel und stürmte aus dem Haus.

»Und mit dir«, sagte Nina zu ihrem Bruder, »rede ich kein Wort mehr!«

Bedrückt blieb Malte zurück. Was sollte er tun? Nina machte nicht einmal den Versuch, sich in seine Lage zu versetzen. In einem hatte sie allerdings Recht, das musste er zugeben: Selbst wenn er ihr den Segeltörn erlaubt hätte, wäre nach dem Kauf der Videokamera kein Geld mehr für die Reise da. Wie sollte er sich jetzt verhalten? Malte war mit seinem Latein vorerst am Ende. Und ihm fiel nur ein Mensch ein, der ihm in dieser Situation helfen konnte: Steinweber.

Im Vorzimmer der Kanzlei wunderte sich Malte über das, was sich dort abspielte. Die Sekretärin kniete auf dem Boden und räumte Ordner und Gesetzbücher aus den Regalfächern, eine Putzfrau beobachtete sie gespannt. Offenbar suchten die beiden etwas. »Da ist er ja«, rief die Sekretärin schließlich erleichtert und zog hinter dicken Wälzern mit Gesetzeskommentaren einen Hasen hervor. Malte erkannte Cäsar sofort wieder. »Er hat sich erschrocken, als die Putzfrau saugen wollte«, erklärte die Sekretärin.

»Der Hase sollte zwar weg«, entgegnete Malte, »aber nicht zu euch. Das ist mal wieder typisch Lukas.«

Verärgert trat er in Steinwebers Büro und redete sich wenig später alles von der Seele: dass Nina und Lukas ihn nicht als Erziehungsberechtigten anerkannten, sondern bestenfalls als Haushaltsvorstand, der dafür zu sorgen hatte, dass der Kühlschrank voll war, die Wäsche gewaschen und gebügelt wurde, die Rechnungen bezahlt wurden.

Steinweber hörte Malte nachdenklich zu und spielte mit einem goldenen Kugelschreiber, während draußen vor dem Fenster ein paar Kutter und ein Ausflugsdampfer vorbeizogen. Als Malte fertig war, legte Steinweber seinen Stift hin und sagte: »Lukas und Nina waren bei mir und haben sich über dich beklagt. So geht es nicht weiter. Eigentlich gibt es nur eine Möglichkeit, über die wir gleich nach dem Tod eurer Eltern schon einmal nachgedacht hatten.« Er erhob sich, trat ans Fenster und sagte, auf die Elbe hinausblickend: »Nina und Lukas gehen bis zu ihrer Volljährigkeit in ein Internat.«

Malte zuckte zusammen. Wenn seine Geschwister ins Internat kämen, zerbräche die Familie endgültig. Dann ging nur mehr jeder seiner Wege. Eines Tages würde das zwar passieren, aber noch waren Nina und Lukas zu jung dafür. »Nein«, sagte Malte wieder, so wie er damals, als Steinweber diesen Vorschlag zum ersten Mal gemacht hatte, nein gesagt hatte.

Steinweber wandte sich um und sah Malte an. Er verstand, was in dem jungen Mann vorging und schätzte ihn für das, was er sich vorgenommen hatte. Aber er hatte sich einfach überschätzt und sich das einzugestehen war keine Schande. »Du bist nicht gescheitert«, sagte Steinweber tröstend. »Ich hätte mich von Anfang an nicht auf dieses Modell einlassen dürfen. Es ist nicht richtig, dass du auf deine Jugend und dein Studium in Amerika verzichtest, um hier Familie zu spielen.«

Malte trat bis an die Schreibtischkante heran und sah Steinweber mit einem eindringlichen Blick an, der keinen Zweifel daran ließ, dass er noch längst nicht bereit war aufzugeben. »Wir spielen nicht Familie«, sagte er, »wir sind eine Familie. Und wir gehören zusammen.«

Es war ein Fehler gewesen, zu Steinweber zu gehen, das war Malte plötzlich klar geworden. Nicht, weil der Anwalt es nicht ehrlich gemeint und nur nach einer Möglichkeit gesucht hatte, sich seine Verantwortung so leicht wie möglich zu machen. Vielmehr hatte er Recht: Es ging nicht an, dass sie bei jedem Problem zu Steinweber liefen. Er war ein enger Freund, aber er gehörte nicht zur Familie. Familie, das ist eine Gemeinschaft, in der man Rücksicht aufeinander nimmt, in der das Ganze mehr ist als nur die Summe seiner Teile.

Beseelt von diesem Gedanken kehrte Malte nach Hause zurück, erledigte auf dem Weg aber noch dringend nötige Einkäufe. Schwer bepackt kam er in die Küche, wo Nina und Lukas ihn mit sauertöpfischen Mienen erwarteten.

»Ich war bei Stein«, sagte Nina. »Er ist ganz meiner Meinung, was die Kamera angeht.«

Malte setzte die prallvollen Einkaufstaschen auf der Anrichte ab und wandte sich seinen Geschwistern zu. »Von Stein komme ich auch gerade«, erklärte er. »War wirklich eine clevere Aktion von euch.«

Nina und Lukas blickten auf. Wie meinte er das?

»Was hat Stein denn gesagt?«, wollte Malte wissen und sah zwischen den beiden hin und her.

»Dass du uns nicht alles verbieten kannst«, entgegnete Nina trotzig.

»Komisch«, versetzte Malte. »Mir hat er etwas ganz anderes gesagt. Mir hat er gesagt, dass wir das alles hier lassen sollen, dass ich wieder nach Amerika gehen soll und ihr beide ins Internat. Und da ihr so viel von Steins Meinung haltet, machen wir es doch einfach so!« Er war laut geworden.

»Du brauchst uns gar nicht zu drohen«, versetzte Nina, schon ein wenig eingeschüchterter.

»Du weißt doch gar nicht, was mit uns los ist«, brachen da aus Lukas Angst und Verzweiflung heraus. »Du hast das alles doch bloß gemacht, um nachher zu Stein rennen zu können und uns dann auf anständige Weise loszuwerden!«

Malte sah seinen kleinen Bruder fassungslos an. Glaubte er das wirklich? Musste er sich das gefallen lassen? Vor allem: Wenn Lukas ihm das zutraute, dann stand es zwischen ihnen schlechter als er angenommen hatte. Wortlos drehte sich Malte um und ging nach oben in sein Zimmer. Vielleicht hatte ja Pat einen Rat oder wenigstens Trost für ihn.

Lukas rannte ebenfalls in sein Zimmer. Irgendwie spürte er, dass er das nicht hätte sagen dürfen. Was aus ihm gesprochen hatte, war seine Angst gewesen. Die Angst, mit Nina und Malte den Rest an Familie und Geborgenheit zu verlieren, der ihm noch geblieben war, und plötzlich ganz allein dazustehen.

Lukas wusste nicht, wie lange er schon so auf seinem Bett gesessen und vor sich hingebrütet hatte, als es klopfte. Nina.

Sie setzte sich auf die Bettkante. Auch sie hatte nachgedacht. »Du solltest dich bei Malte entschuldigen«, sagte sie. »Malte ist unseretwegen hier geblieben. So wie wir im Moment drauf sind, hat er es in Amerika nur besser. Wir müssen eben alle Zugeständnisse machen. Das mussten wir früher, als Papa und Mama noch da waren, ja auch.«

Lukas blieb stumm, grübelte weiter vor sich hin und nickte schließlich. Dann stand er auf und ging zu Malte. Sein großer Bruder war noch immer verletzt, das sah man ihm an. Er vermied es, Lukas anzusehen. »Ich wollte mich bei dir entschuldigen«, sagte Lukas verlegen, die Hände tief in den Hosentaschen vergraben. »Ich hab totalen Quatsch geredet.« Malte nickte nur. »Können wir es nicht noch mal versuchen? Wenn wir uns alle Mühe geben …«

Erst jetzt sah Malte Lukas in die Augen. »Glaubt ihr, ich wüsste nicht, was in euch vorgeht? Ich hab auch gekämpft. Gegen Eltern muss man manchmal kämpfen. Aber ich bin euer Bruder. Wie wollen wir das lösen?«

Lukas zuckte die Schultern. »Ich will nicht, dass du nach Amerika gehst. Ich will nicht ins Internat. Ich will, dass wir drei zusammenbleiben.«

Ein versöhnliches Lächeln trat auf Maltes Lippen. »Das will ich doch auch«, sagte er und fuhr Lukas durch das dichte braune Haar.

Nina hatte sich entschlossen, Maltes Verbot zu akzeptieren und nicht am Segeltörn teilzunehmen. Als sie am nächsten Morgen Kai auf dem Schulhof traf, gab sie ihm das geliehene Geld zurück. Kai lachte. »Wenn du auch noch abspringst, fährt ja bald gar keiner mehr mit.«

Nina fand das nicht komisch. Jan und die anderen würden bestimmt nicht erfreut sein. Je weniger Leute mitfuhren, desto teurer wurde der Urlaub für jeden, denn die Kosten für das Boot blieben gleich. Daher war Jan auch verärgert, als Nina ihm ihren Entschluss mitteilte. »Wir haben uns auf deine Zusage verlassen«, tobte er. »Willst du uns verarschen?« Dann beschloss er, *knallhart* ein Exempel zu statuieren. »Du musst trotzdem zahlen«, erklärte er. »Pech für dich, wenn du nicht mitkannst.«

»Spinnst du?«, protestierte Nina. »Die anderen, die nicht mitfahren, müssen auch nicht zahlen.«

»Das war gestern.«

Empört über diese Ungerechtigkeit ließ Nina Jan stehen. Woher sollte sie das Geld nehmen? Außerdem hatte sie keine Lust, für etwas zu zahlen, von dem sie nichts hatte.

Ninas Stimmung war ganz unten. In der Schule war sie kaum ansprechbar, nicht einmal für Kai, und zu Hause hing sie lustlos herum. Auch Maltes Nachricht, er habe die Videokamera wieder zurückgegeben und das Geld wie geplant in eine neue Spülmaschine investiert, konnte Nina nicht aus ihrem Stimmungstief holen. »Ich hab den Segeltörn auch abgesagt«, ließ sie ihren Bruder wissen, mehr aber nicht. Dann verschwand sie zu Kai, der mit den anderen Bandmitgliedern in einer Hinterhofgarage probte.

Einige Zeit später tauchte Viola auf, deren Name ihren sprechfaulen Freunden nicht kurz genug zu sein schien, weshalb sie ihn zu Vio verkürzt hatten. Fast belustigt berichtete sie von den neuen Fehden ihrer Eltern. Auch nach ihrer Scheidung führten Vios Eltern ihren Ehekrieg weiter. Eines der Schlachtfelder war die Erziehung. Für Vio hatte das durchaus Vorteile. Sie wusste ihre Eltern geschickt gegeneinander auszuspielen und bekam, zumindest in materieller Hinsicht, so ziemlich alles, was sie sich wünschte. Trotzdem fühlte sie sich oft wie eine Figur auf einem Schachbrett – die Königin zwar, aber letztlich eben doch nur eine Figur.

Nun erklärte sie, dass ihre Eltern den Sommerurlaub aufgeteilt hatten, weshalb sie zweimal verreisen würde. Dadurch hatte sie keine Zeit mehr für den Segeltörn mit Jan und den anderen. Nina verstand sofort, was das bedeutete. Wenn Vio auch noch absagte, war die Fahrt endgültig geplatzt, denn sie beide waren die Einzigen, die einen BR-Küstenschein hatten.

Ninas Stimmung verbesserte sich schlagartig. Dann kam ihr eine Idee. Zu Hause traf sie Lukas, der gerade Cäsar aus Steinwebers Kanzlei zurückgeholt hatte, und weihte ihn ein. »Was hältst du davon, wenn wir Malte überraschen?«, fragte sie ihren Bruder.

»Prima Vorschlag. Und wie?«

Nina wusste, womit man Malte eine Freude machen konnte. Vielleicht fanden sie ja eine Videokamera, die nicht ganz so teuer war wie das Luxusteil, das Malte sich zuvor angeschafft hatte. Gemeinsam gingen sie in das nächste Fachgeschäft und wurden tatsächlich fündig.

Malte war gerührt vom Geschenk seiner Geschwister. »Wisst ihr was? Wir machen gleich einen Film für Pat«, schlug er vor. »Wir alle zusammen.«

Er baute die Kamera auf, dann nahmen sie nebeneinander auf dem Sofa Platz, Lukas in der Mitte. »Hallo, Pat!«, riefen sie gemeinsam. »Wir vermissen dich«, setzte Nina hinzu, »Malte natürlich ganz besonders. Aber das wird er dir nachher wahrscheinlich selbst sagen, wenn wir aus dem Bild sind.« Sie zwinkerte. Malte stieß sie scherzhaft in die Seite. »Wir haben jetzt alles im Griff«, sagte er dann.

»Und Malte ist der Chef«, fügte Lukas hinzu.

»Die Sache mit der Putzfrau hat sich auch erledigt«, sagte Nina. »Wir teilen die Arbeit auf. Jeder bekommt seine Aufgabe.« Sie setzte ihr breitestes Lächeln auf. »Mach's gut, Pat!« Lukas winkte in die Kamera. »Miss you. Besonders dein Essen.«

Im Auge des Gesetzes

Wenn du etwas machst, dann mach es richtig! Diese Maxime hatte Heinrich Reetkoven seinen Kindern mit auf den Lebensweg gegeben. Keines von ihnen hatte sie sich aber so zu Herzen genommen wie Nina. Als Malte sie bat, sich zu überlegen, wie man die Arbeit im Haushalt am gerechtesten verteilen könnte, ging sie die Aufgabe generalstabsmäßig an. Sie entwarf Organisationstabellen, die sie mit den Stundenplänen jedes Familienmitgliedes abglich, sah für jeden Freizeit vor und berücksichtigte alle sonstigen Verpflichtungen. Das Ergebnis ihrer Bemühungen war jeden Montag neu an der Kühlschranktür zu bewundern: ein mehrfarbiger, makelloser Plan, den bis zum Wochenende freilich eine Vielzahl von Streichungen, Verbesserungen und Pfeilen verunzieren sollten.

Malte wünschte, er hätte sein Leben genauso gut im Griff gehabt wie Nina ihren montäglichen Wochenplan. Nicht selten beschlich ihn das Gefühl, die Vielzahl seiner Verpflichtungen wachse ihm allmählich über den Kopf. Familie, Studium, dazu Lateinnachhilfe für Lukas, dessen Versetzung ernsthaft gefährdet war – wie sollte er das nur alles schaffen? Dabei hatte er noch nicht einmal ein richtiges Zimmer, denn die Besenkammer, in der er sich zwischen Kartons und wackeligen Regalen eingerichtet hatte, verdiente den Namen Zimmer nicht. Bis zu Maltes Umzug nach Amerika hatte Lukas dort geschlafen, dann war er in Maltes frei gewordenes Zimmer eingezogen, und jetzt wollte er es natürlich nicht mehr hergeben. Malte hatte dafür Verständnis, als angehender Jurist wusste er, was der Begriff Gewohnheitsrecht bedeutete. Nur sein Platzproblem war damit nicht gelöst.

Eines Morgens war Malte noch vor der Uni mit Steinweber in der Kanzlei verabredet. Der Anwalt hatte das Erbe der Reetkoven-Kinder in sicheren Fonds und Papieren angelegt und brauchte dazu ein paar Unterschriften des Erziehungsberechtigten. »Alles klar bei euch?«, fragte er zum zweiten Mal, nachdem Malte alles unterschrieben hatte.

»Alles bestens«, entgegnete Malte.

Steinweber nickte. Doch schien er nicht überzeugt zu sein. Wie hätte er auch nicht zweifeln sollen, wirkte Malte doch nervös und fahrig, seine Augen waren matt, der Teint war blass. »Wie geht es Lukas in der Schule?«, wollte er wissen.

»Gut«, entgegnete Malte schnell, ein wenig zu schnell vielleicht, und fügte hinzu: »Er hat sich wieder gefangen. Wenn er so weitermacht, packt er die Versetzung.«

Steinweber ging ans Fenster und schaute hinaus auf die Werft und die Ladekräne der Docks. Dann holte er einen Farbprospekt aus der Schreibtischschublade. »Irgendwie habe ich den Eindruck, dass du dich im Augenblick ein bisschen übernimmst«, sagte er besorgt. »Du musst auch an dich und dein Studium denken. Ich finde, wir sollten die Sache mit dem Internat nicht ganz aufgeben. Sieh dir das hier wenigstens mal an.«

Erst jetzt warf Malte einen Blick auf den Prospekt. Internat Bolem stand in einem schwungvollen Schriftzug darauf. Er hatte in letzter Zeit manchmal daran gedacht, ob es nicht wirklich die bessere Lösung war. Aber dann hatte er den Gedanken sofort wieder verworfen. Er hätte sich Lukas gegenüber wie ein Verräter gefühlt.

Malte wandte sich ab, ohne die Broschüre in die Hand zu nehmen. Steinweber wollte etwas sagen, ihn vermutlich drängen, doch er kam nicht mehr dazu, weil es klopfte. Steinwebers Assistent kam ins Büro.

Malte nutzte die Gelegenheit, um sich auf elegante Weise Steinwebers weiterem Drängen zu entziehen. »Tschüss«, sagte er nur noch, »wir sehen uns.« Er hätte ohnehin nicht länger bleiben können, denn er musste sich unbedingt an der Uni für ein paar Seminare eintragen.

Der erste Weg führte ihn zum schwarzen Brett des juristischen Instituts. Seine Augen wurden immer größer, als er las, dass alle Seminare, die er sich vorgemerkt hatte, bis auf den letzten Platz belegt waren. Verärgert drehte er sich um. Wenn das so weiterging, konnte er dieses Semester abschreiben. Zu allem Überfluss kam ihm auch noch der Tutor entgegen, der ihn erst letzte Woche dringend ermahnt hatte, an den Infoabenden teilzunehmen. Auf Maltes Einwand, er fände seiner Geschwister wegen wohl kaum Zeit dazu, hatte er nur erwidert: »Zum Studieren hast du aber hoffentlich Zeit.«

»Bei Dr. Müller gibt es noch ein Blockseminar«, teilte er nun mit, nachdem Malte ihm seine Notlage erklärt hatte. »Wenn du Glück hast, kannst du noch einsteigen.«

Malte schöpfte wieder Mut und kehrte zurück ans schwarze Brett, um Zeit und Ort der Veranstaltung ausfindig zu machen. Diesmal hatte er Glück. Laut Aushang waren noch Plätze frei. Er holte seinen Block heraus, um sich alle Daten zu notieren. Dabei entging ihm nicht, dass eine junge Frau in einem dunklen Kostüm neben ihn trat und ebenfalls auf eine der Listen schaute. Sie war hübsch, wenn auch auf eine etwas strenge Weise. Genau richtig für eine Juristin, dachte Malte und grüßte sie.

Sie lächelte und grüßte zurück.

»Wo musst du hin?«, fragte er. »Ich geh zu Strafrecht bei Müller.«

»So ein Zufall«, entgegnete sie. »Ich auch. Dann gehen wir doch zusammen.«

Auf dem Weg zum Seminarraum erzählte Malte, dass er erst vor kurzem aus Amerika zurückgekommen sei und deswegen nach der Studienordnung noch einen Schein in Strafrecht brauche, obwohl er das Fach in- und auswendig beherrsche. »Dabei gibt's für das Seminar bei Müller eigentlich keinen Schein«, erklärte er mit säuerlicher Miene. »Ich muss mich also beim Prof einschleimen, um trotzdem eine Hausarbeit zu kriegen.«

Die junge Frau hatte interessiert zugehört. Jetzt sah sie ihn erstaunt an. »Geht das denn so einfach?«, fragte sie.

Malte lächelte. »So einfach natürlich nicht, aber ich krieg das schon hin.« Er strotzte nur so vor Selbstvertrauen.

»Ach.« Sie blieb kühl.

Die beiden waren vor dem Seminarraum angekommen. Zuvorkommend hielt Malte ihr die Tür auf. Der Dozent war noch nicht da, nur das Gemurmel der Studenten hing in der Luft. Dieser Müller macht von seinem Akademikerviertelstündchen Gott sei Dank ausgiebig Gebrauch, dachte Malte und schritt auf eine freie Bank zu. Er wollte der jungen Frau einen freien Stuhl anbieten, doch sie schritt zielstrebig an ihm vorbei und auf das Vortragspult zu.

Malte schluckte trocken. *Sie* war also Professor Müller. Da war er ja mit seiner Prahlerei ganz schön ins Fettnäpfchen getreten. Peinlich, peinlich. Immerhin, das ironische Lächeln, das die Dozentin ihm zuwarf, ließ hoffen, dass noch nicht alles verloren war.

Am Ende der Vorlesung, als die anderen Studenten den Raum verließen, ging Malte zu ihr, um sich zu entschuldigen. Nicht besonders wortreich, auch nicht besonders geschickt. Er sagte einfach nur »Tut mir Leid«, mehr brachte er nicht heraus.

Die Professorin nickte nur. Dann schrieb sie etwas auf einen Zettel. »Das hier ist ein Thema für eine Hausarbeit«, sagte sie und reichte ihm das Blatt. »Da Sie unser Fach bereits in allen Facetten beherrschen, dürften Sie ohne Probleme in zwei Tagen damit fertig sein.« Die strenge Miene brach in ein ironisches Lächeln auf. »Wie Sie sehen, geht es ganz ohne Schleimen.«

In verlegenem Schweigen blieb Malte zurück, während Professorin Müller an ihm vorbei zur Tür ging. Auf halbem Weg wandte sie sich jedoch noch einmal um. »Obwohl – gegen ein Abendessen …« Sie vollendete den Satz nicht, zeigte nur wieder dieses ironische Lächeln. Dann verließ sie endgültig den Raum.

Lustlos schlenderte Nina über den Pausenhof. Den ganzen Vormittag schon hatten die Mädchen hinter ihrem Rücken von der tollen Party am Freitag bei Dennis getuschelt, bei der angeblich der Bär losgewesen sei. Sie war nicht eingeladen worden, weil sie ja noch in Trauer sei. Außerdem hatte Jacqueline mit der ihr eigenen Boshaftigkeit hinzugefügt, warum solle man jemanden auf eine Party einladen, der weder trinke noch rauche und auch sonst nichts Leckeres zu schätzen wisse. Nina begriff schon, was sie meinte. Wahrscheinlich hatten sie einen Joint nach dem anderen kreisen lassen.

Manchmal litt Nina unter dem Saubermann-Image, das ihr anhaftete. Allerdings nicht so sehr, dass sie daran etwas geändert hätte. Es wollte einfach nicht in ihren Kopf, wieso manche Leute Alkohol und Drogen brauchten, um Spaß zu haben. Jedenfalls wollte sie auf der Fete, die sie für die Segel-AG organisierte, nichts von dem Zeug sehen.

Auch jetzt standen die üblichen Verdächtigen wieder in einer Ecke des Schulhofes beieinander und amüsierten sich über ihre Partyerlebnisse. Nina ging zu ihnen. Dennis, dessen blondierte Haare wie Stacheln in alle Richtungen abstanden, wedelte gerade mit einem kleinen Plastikbeutel mit Haschisch herum. »Ich hab auch noch was anderes«, verkündete er lachend. »Hier, halt mal.« Damit drückte er ausgerechnet Nina den kleinen Plastikbeutel in die Hand, was natürlich kein Zufall war.

Nina wehrte ihn nicht ab. Sie wollte ihnen allen zeigen, dass sie ganz locker mit diesem Thema umging, nur eben keine Lust auf Drogen hatte. Sie öffnete sogar den Beutel und schnupperte daran. Ein süßlicher Duft stieg ihr entgegen. »Riecht eigentlich gar nicht so schlecht«, sagte sie.

Als sie wieder aufblickte, erschrak sie. Ohne dass sie es bemerkt hatte, hatten ihre Mitschüler hastig das Weite gesucht. Vor ihr stand die Erdkundelehrerin Angelika Hoppenstett. Sie schnappte Nina den Plastikbeutel weg und steckte ihn ein. »Name und Klasse«, verlangte sie ebenso knapp wie streng und zückte einen Notizblock.

»Nina Reetkoven, 10b.«

Nina war noch zu überrascht, um zu realisieren, was eigentlich passierte. Kaum war Frau Hoppenstett weg, kamen Jeanette, Jacqueline und die anderen wieder hervor. Keineswegs eingeschüchtert oder sauer. Sie fanden es komisch, dass ausgerechnet Nina eben mit Drogen auf dem Pausenhof erwischt worden war.

»Dein Gesicht hättest du sehen sollen, als plötzlich die Alte vor dir stand«, lachte Dennis. »Keine Bange, die weiß sowieso nicht, was das ist. Die hält das doch glatt für eine indische Gewürzmischung.«

Nina rang sich ein Lächeln ab, das aber nicht besonders überzeugend wirkte. Ehe sie etwas sagen konnte, rief die Glocke die Schüler zurück zum Unterricht.

Am Nachmittag traf sich die Segel-AG, um mit den Vorbereitungen für das Fest am Wochenende zu beginnen. Eine Bühne für Kai und seine Band musste aufgebaut, Stände, Tische und Bänke aufgestellt werden. Ein paar der Mädchen hatten alle Getränkemärkte in der Umgebung abgeklappert, um möglichst viel Rabatt herauszuschlagen.

Mitten in diese Arbeiten hinein platzte der Französischlehrer Norbert Schmitt. »Rektor Frick will Sie sprechen«, sagte er zu Nina. Mehr nicht. Nur seine ernste Miene verriet den drohenden Ärger.

Wenig später saß Nina Direktor Frick im Rektorat gegenüber. Sie begriff überhaupt nicht, was er von ihr wollte. Natürlich wusste sie, dass es um die Tüte Haschisch ging. Aber seine Predigt über die Gefahren von Drogen konnte er sich sparen, damit rannte er bei ihr offene Türen ein. Und das war an der Schule bekannt, da konnte er jeden fragen.

Nachdem er sich zuerst streng gegeben und auf Schulordnung, Elternrundbriefe und sonstige offizielle Verlautbarungen verwiesen hatte, in denen es nur so wimmelte von Ausdrücken wie »hartes Durchgreifen«, »kompromisslos«, »unausweichliche Konsequenzen«, schaltete Frick auf verständnisvoll und erklärte: »Sie hatten eine schwere Zeit nach dem Tod Ihrer Eltern. Da ist es zu verstehen, wenn Sie nach etwas suchen, das Sie tröstet. Aber Drogen sind keine Lösung. Sie sind nur ein neues Problem. Wenn wir Ihnen irgendwie helfen können, müssen Sie es sagen.«

Nina zuckte nur die Schultern. Ihr Gewissen war vollkommen rein, deshalb konnte sie Frick unverwandt in die Augen blicken, als sie sagte: »Tut mir Leid, mit dieser dramatischen Geschichte kann ich Ihnen nicht dienen. Ich hab mit Drogen nichts am Hut. Das Zeug hat mir nicht gehört. Ich hab es mir nur angeschaut.«

Fricks Oberkörper straffte sich mit einem Ruck und wurde unbeweglich wie eine Statue, sein Gesichtsausdruck streng. »Dann nennen Sie mir die Namen der Schüler, denen die Drogen gehören«, verlangte er.

»Das ist doch nicht Ihr Ernst«, entgegnete Nina. »Sie können doch nicht erwarten, dass ich meine Mitschüler anschwärze.« Auch wenn manch einem von denen ein Rüffel nicht geschadet hätte – das hätte Nina nie im Leben getan. Schon weil es gegen ihre innersten Prinzipien verstieß, andere zu denunzieren.

Frick erhob sich, kam um seinen Schreibtisch herum und baute sich demonstrativ vor Nina auf. »Kommen Sie mir bloß nicht so«, sagte er. »Sie schützen hier Leute, die kriminelle Handlungen begehen. Dealer, die Drogen an Minderjährige und Kinder verkaufen. Die Lehrerschaft hat eine Verantwortung den Schülern gegenüber. Sie sollen uns nur helfen, diese wahrzunehmen. Andernfalls ...« Er kehrte hinter den Schreibtisch zurück und nahm wieder Platz. »Laut Schulordnung führt der Besitz von Drogen zum Schulverweis.«

Ninas Herz schlug heftig. Ein Pulsieren, das in ihren ganzen Körper ausstrahlte, in ihren Hals, ihren Bauch, in ihre Schläfen. Sie glaubte nicht, was sie da hörte. »Wollen Sie mir drohen?«, stieß sie aus. »Nur weil ich die anderen nicht verpetze? Drogenbesitz führt zum Schulverweis – das ist doch lächerlich! Ich nehme keine Drogen, das weiß jeder. Warum sollte ich dann Drogen besitzen? Oder dealen? Das nimmt Ihnen doch kein Mensch ab. Und eines dürfen Sie mir glauben: Wenn wirklich jemand im Schulhof mit Drogen gedealt hätte, hätte ich keine Sekunde gezögert, Ihnen den Namen zu nennen. Aber es hat niemand gedealt.«

Frick gab sich enttäuscht über die mangelnde Kooperationsbereitschaft. Vor allem aber litt er daran, seine Autorität nicht durchgesetzt zu haben. Er konnte Schüler nicht leiden, die sich ihm nicht fügten, egal, worum es in der Sache ging. »Wir haben alles besprochen«, sagte er nur noch. »Ich werde den Fall mit dem Lehrerkollegium beraten. Sie hören von uns. Auf Wiedersehen.«

Nina erhob sich und verließ das Rektorat. Erst jetzt spürte sie, dass sie am ganzen Körper zitterte. Ihre Knie waren weich wie Gummi. Sie wartete ein wenig ab, bis sie sich wieder ganz unter Kontrolle hatte, dann erst kehrte sie zu den anderen zurück.

Die stürmten natürlich sofort auf sie zu. Nina sagte nicht viel, nur: »Drogenbesitz führt im Allgemeinen zum Schulverweis.«

Für ein paar Sekunden herrschte betretenes Schweigen. »Das Zeug hat dir doch gar nicht gehört«, sagte Jacqueline dann, während Dennis nur eines interessierte: »Hat er nach uns auch gefragt?«

Nina schüttelte den Kopf. »Er will das Kollegium einberufen. Dann wird entschieden, was passiert.«

»Du hast doch nichts gesagt, oder?«, wollte Dennis wissen. Die coolen Sprüche, mit denen er noch vor kurzem auf dem Pausenhof seine Abgeklärtheit zur Schau gestellt hatte, waren ihm gründlich vergangen. Da sich bei ihm schon mehrere Tadel angesammelt hatten, hätte ein weit geringeres Vergehen als Drogenbesitz genügt, damit er von der Schule flog.

»Glaubt ihr, ich mach mir gleich in die Hosen, nur weil Frick sich aufspielt?«, entgegnete Nina selbstbewusst. Doch ihre Gelassenheit war nur Fassade. In Wirklichkeit hatte sie eine Heidenangst vor dem, was da auf sie zukam.

Sie ließ ihre Mitschüler stehen und setzte sich hinter dem Bootshaus auf eine Bank. Jeder von denen dachte nur an sich. Auch wenn sie es nicht offen zugaben, sie waren froh, dass die Hoppenstett sie mit dem Zeug erwischt hatte, obwohl sie als Einzige überhaupt nichts damit zu tun hatte.

Einen Moment lang fragte sie sich, ob auch nur einer von denen es wirklich wert war, ihre Schulkarriere aufs Spiel zu setzen. Aber rasch wurde ihr wieder klar, dass sie es eigentlich nicht für ihre Mitschüler tat. Es ging um *ihre* Prinzipien, *ihre* Ideale.

Kai kam zu ihr und setzte sich neben sie. »Was hast du erwartet?«, fragte er.

»Vielleicht ein bisschen Solidarität«, erwiderte sie. »Die tun so, als wäre es allein mein Problem.«

»Nur weil du den Helden spielst, tun die es noch lange nicht.« Manchmal fand Kai Ninas Idealismus und Stolz überzogen. Aber meistens bewunderte er sie dafür. Es machte sie zu etwas Besonderem. Er hätte jedenfalls nicht den Mut und die Kraft gehabt, bis zuletzt zu seinen Prinzipien zu stehen, wenn der Druck so groß war. Allerdings war noch nicht raus, ob sie wirklich bis zum bitteren Ende durchhalten würde. Zutrauen würde er es ihr jedenfalls.

»Rechne bloß nicht damit, dass einer von denen freiwillig was sagt«, sagte Kai und zerstörte damit Ninas heimlich gehegte Hoffnungen. Sie kam sich bereits lächerlich vor, so etwas überhaupt in Erwägung gezogen zu haben. So gut kannte sie ihre Mitschüler doch mittlerweile.

Die beiden verfielen in Schweigen. Kai überlegte, ob er seinen Arm um ihre Schultern legen sollte. Vielleicht würde sie dann ihren Kopf an seine Brust legen und plötzlich würde eine Nähe zwischen ihnen entstehen, die ihnen neue Möglichkeiten für ihre Freundschaft gab, Möglichkeiten, von denen er schon so lange träumte. Aber dann zögerte er, weil er ihre Not nicht ausnutzen wollte. Und gerade als er sich doch noch anders entschieden hatte, war die Gelegenheit schon wieder vorbei. Er schämte sich vor sich selbst wegen seiner Zaghaftigkeit.

Die Stimmen der anderen waren zu ihnen herangedrungen. »Was ist, wenn Nina wirklich fliegt?«, hatte Vio gefragt. Betretenes Schweigen machte sich breit. Vio fügte hinzu: »Wir sind in der Zehnten. Danach gibt es keine Schulpflicht mehr. Keine Schule der Welt muss dich mehr nehmen, schon gar nicht, wenn du wegen Drogen gehen musstest. Da kannst du dein Abi vergessen!«

Eigentlich hatte Vio ihren Freunden damit ins Gewissen reden wollen, doch sie erreichte genau das Gegenteil. Dennis war mehr denn je entschlossen, nicht zuzugeben, dass die Drogen ihm gehörten. Seine Eltern machten ihm auch so schon die Hölle heiß. Wie würden sie erst in die Luft gehen, wenn er ihnen sagen musste, dass aus seinem Abi leider nichts werden würde? »Macht euch keinen Kopf«, sagte er. »Nina fliegt nicht. Die hat doch ihren Waisenbonus.«

Als Nina das hörte, verkrampfte sich etwas in ihrem Innern. Es würde noch lange dauern, bis sie den Tod ihrer Eltern bewältigt haben würde. Im Moment schmerzte jedes unbedachte Wort zu diesem Thema wie Salz in einer Wunde. Sie spürte eine Beklommenheit in ihrer Brust, die sich bis zu ihrem Hals hinaufschob. Nicht mehr lange, und sie würde in Tränen ausbrechen. Aber sie wollte nicht, dass jemand ihre Tränen sah, nicht einmal Kai. Ihre Tränen gehörten nur ihr allein, niemandem sonst. Deshalb sprang sie auf und lief an ihren Mitschülern vorbei, schnappte sich ihr Fahrrad und fuhr, heftig in die Pedale tretend, davon.

Die Bewegung tat ihr gut, sie löste die Spannung in ihrem Innern. Der angenehme Fahrtwind trocknete die Tränen auf ihren Wangen. Nur das Salz blieb zurück und brannte leicht auf der Haut.

Wann würde das endlich aufhören? Die Trauer. Der Schmerz. Sie kannte die Antwort, ahnte sie zumindest. Trauer und Schmerz würden erst aufhören, wenn sie bereit war, sie aufzugeben. Noch war Nina nicht so weit, noch brauchte sie beides, um die Verbindung zu ihren Eltern nicht zu verlieren. Trauer und Schmerz waren Ausdruck ihrer Liebe. Einer Liebe, die nicht vergehen, aber sich verändern musste, um Nina ein Weiterleben in einer Zukunft zu ermöglichen, die nicht gänzlich von der Vergangenheit überschattet war. Etwas tief in ihrem Innern wusste das.

Nach dem Seminar war Malte in die Bibliothek gegangen, um sich Fachliteratur für seine Hausarbeit zu suchen. Es hatte ein Kampf gegen die Uhr begonnen, den er, wie er ahnte, nicht gewinnen konnte. Er hatte nicht geglaubt, dass er in der Bibliothek so lange brauchen würde. Aber hier herrschte ein anderes System als in der amerikanischen Bibliothek. Vielleicht hätte er doch besser an der Bibliotheksführung teilgenommen. Aber wie immer hatte er anderes zu tun gehabt.

Auf dem Rückweg von der Uni hatte er ein paar Briefe zur Post gebracht, Rechnungen bezahlt, Einkäufe gemacht, dabei Unmengen an Zeit sinnlos in Warteschlangen vertrödelt. Mit jeder Minute, die auf diese Weise verstrich, wurde er nervöser. Als er dann zu Hause ein einziges Chaos vorfand und Nina und Lukas seelenruhig Wackelpudding löffeln sah, platzte ihm der Kragen. »Bin ich hier der Arsch vom Dienst?«, schrie er die beiden an. »Glaubt ihr, ich hab nichts Besseres zu tun? Macht doch euren Kram allein!«

Verdutzt sahen sich Nina und Lukas an, so als wüssten sie nicht, wovon er sprach.

Stocksauer verschwand Malte ins Wohnzimmer. Wie sollte er in diesem Haus arbeiten? Der größte Teil seiner Sachen lag in seinem Schlafzimmer, weil er nirgendwo sonst etwas liegen lassen konnte, ohne dass es in Kürze mit allen möglichen Flecken übersät war. Und manches verschwand sogar für immer im Bermuda-Dreieck des Reetkovenschen Haushalts. Wie sollte er unter solchen Bedingungen in zwei Tagen eine Hausarbeit schreiben? Es gab nur eine Möglichkeit. Er brauchte ein eigenes Zimmer, das ihm ausreichend Platz bot. Unter den gegebenen Verhältnissen kam dafür eigentlich nur eines in Frage: das Schlafzimmer seiner Eltern.

Nach ungefähr einer halben Stunde traute Nina sich als Erste zu ihm. Sie blieb in der Tür stehen und fragte vorsichtig: »Alles klar?« Lukas versteckte sich hinter ihrem Rücken.

»Gar nichts ist klar«, entgegnete Malte. »Ich brauch ein richtiges Zimmer, eines, in dem ich arbeiten kann.«

»Ich gebe mein Zimmer aber nicht mehr her«, protestierte Lukas und trat vor.

»Das sollst du ja auch nicht.« Nina und Lukas waren ein paar Schritte ins Wohnzimmer hereingekommen und sahen ihren Bruder fragend an. »Ich habe gedacht, wir könnten Mamas und Papas Schlafzimmer frei räumen.«

»Bist du verrückt?«, rief Nina sofort. Wie konnte er nur an so was denken! »Das Zimmer gehört uns allen! Du kannst es nicht einfach ausräumen und einziehen.«

Er war sofort wieder auf hundertachtzig. »Und wo soll ich leben? Ständig muss ich meine Sachen zusammensuchen. Ihr nölt schon rum, wenn das Frühstück nicht auf dem Tisch steht. Könnt ihr nicht auch mal für mich kochen? Oder einkaufen? Auch wenn es mal nicht im Plan steht? Wenn wir es nicht schaffen, dass jeder über den eigenen Tellerrand hinaussieht und den anderen in Stresssituationen unterstützt, sind alle Regeln für den Arsch.« Malte glühte zwar noch, aber sein Zorn hatte sich für dieses Mal verzogen. Übrig war nur noch Bitterkeit.

»Gib uns nicht die Schuld, wenn du mit deinen Sachen nicht klarkommst«, verteidigte sich Nina. »Du hast keinen Ton gesagt! Woher sollen wir das wissen?«

Malte atmete schwer und erhob sich. Er ging ein paar Schritte vor seinen Geschwistern auf und ab. Er wollte nicht sagen, was in ihm rumorte. Gleichzeitig spürte er, dass er es loswerden musste, wenn er nicht daran ersticken wollte.

»Vielleicht hat Steinweber Recht«, sagte er schließlich. »Vielleicht ist das Ganze wirklich eine Nummer zu groß. Vielleicht sollte ich mich auf mein Studium konzentrieren, und nach mir die Sintflut.«

Nina sah ihn betroffen an, Lukas schluckte hörbar. »Wie meinst du das?«, wollte er wissen, obwohl er genau wusste, wie das gemeint war.

»Ich weiß auch nicht.« Malte ließ die beiden allein und verschwand in sein Zimmer.

Nina legte ihrem kleinen Bruder tröstend die Hand auf die Schulter. »Das meint er nicht so«, sagte sie. »Im Zorn sagt man schon mal so was.« Dann ging auch sie, um Schularbeiten zu machen.

Lukas warf sich auf die Couch. Er hatte nicht einmal Lust fernzusehen. Was Malte gesagt hatte, ging ihm nicht aus dem Kopf. Eismann tapste ins Wohnzimmer, setzte sich vor Lukas hin und sah ihn ratlos an. Lukas beneidete ihn um seine Ahnungslosigkeit.

Das Klingeln des Telefons riss ihn aus seinen Gedanken. Er nahm ab.

»Guten Tag, Herr Reetkoven«, meldete sich eine Frauenstimme, »Internat Bolem hier. Sie hatten wegen Ihres Sohnes Lukas angefragt.« Dann fiel die Frau sich selbst ins Wort: »Oh, da sehe ich gerade, dass die Kanzlei Steinweber Ansprechpartner ist. Entschuldigen Sie bitte die Störung. Wir schicken die Unterlagen an die Kanzlei.« Sie legte auf.

Lukas fühlte sich, als habe ihm jemand eins mit dem Baseballschläger übergezogen. Eine Lähmung, die von seinem Kopf ausging und nach und nach den ganzen Körper ergriff. Malte und Steinweber schienen sich also schon ernsthaft für ein Internat entschieden zu haben. Unterlagen waren bereits unterwegs. Und alles über seinen und Ninas Kopf hinweg. Was regt Malte sich dann noch so auf, fragte er sich. Schon bald hat er das ganze Haus für sich. Oder er kann wieder nach Amerika gehen zu seiner geliebten Pat. Wen kümmert es schon, was aus mir wird?

Wie Lukas am nächsten Morgen in der Schule erfuhr, war Malte nicht der Einzige in der Familie, den geheime Machenschaften umtrieben. Ein paar seiner Klassenkameraden erzählten, dass Nina drogenabhängig sei und ein Lehrer sie dabei erwischt habe, wie sie sich im Schulhof gerade einen Schuss setzen wollte. Oder so ähnlich.

In der kleinen Pause lief Lukas sofort zu ihr, um sie danach zu fragen. Nina konnte nur lächeln über die wilden Gerüchte, die offenbar in den unteren Klassen über sie kursierten. Sie beruhigte Lukas, erzählte ihm, was sich wirklich zugetragen hatte.

»Aber wenn du nichts genommen hast und das Zeug dir gar nicht gehört«, wandte Lukas ein, »wieso ist dann morgen die Konferenz?«

»Sie müssen sich so verhalten. Mach dir keine Sorgen. Wahrscheinlich wird sich alles im Sande verlaufen.« Nina wünschte, sie hätte das wirklich glauben können. Doch wie sie Frick kannte, würde er erst locker lassen, wenn er sein Ziel erreicht hatte. Und das hieß für Nina, dass er sie entweder zu einer Denunziation zwingen oder sie von der Schule verweisen würde. »Sag Malte lieber nichts davon«, fügte sie nach kurzem bedrücktem Schweigen hinzu, »sonst muss er Steinweber alles erzählen. Und du weißt ja, was das bedeutet.«

Lukas nickte. Er wollte Nina eben von dem gestrigen Anruf erzählen, doch da ging die Schulglocke. Nina hatte keine Zeit mehr, sie musste pünktlich in ihrer Klasse sein, denn sie schrieb gleich einen Französisch-Test.

Glaubte sie zumindest. Französischlehrer Schmitt belehrte sie jedoch eines Besseren. Noch ehe er die Testaufgaben verteilte, kam er zu ihrem Platz und teilte ihr mit, die Lehrerkonferenz habe beschlossen, sie bis zur endgültigen Aufklärung des Sachverhalts vom Unterricht zu suspendieren. »Deshalb dürfen Sie auch diesen Test nicht mitschreiben.« Schmitt war anzusehen, wie unangenehm ihm diese Mitteilung war.

Nina stand auf und nahm ihre Schultasche. Ihr Blick wanderte über ihre Mitschüler. Stumm wie die Fische saßen sie da, wagten nicht einmal, sie anzusehen. Gleichgültigkeit? Scham? Von beidem wohl etwas. Wenn sie von denen etwas erwartet hätte, wäre Nina jetzt vielleicht enttäuscht gewesen. So aber war sie nur verbittert. Ohne ein weiteres Wort verließ sie das Klassenzimmer.

Kai hielt das Schweigen seiner Mitschüler nicht mehr aus. »Wenn Nina den Test nicht mitschreiben darf, schreibe ich auch nicht mit«, sagte er zu Schmitt. Der sah ihn mit einer Miene an, die wohl sagen wollte: Was soll ich denn machen? Schon möglich, dass Schmitt nichts machen konnte. Aber was war mit Dennis? Mit Jacqueline? Mit Vio? Wo waren wenigstens Zeichen der Solidarität, wenn sie die Sache schon nicht gänzlich aufklärten? Voller Verachtung wandte Kai sich ab, packte seine Schultasche und lief Nina nach.

Auf dem Schulhof holte er sie ein. Er stellte sich ihr in den Weg, packte sie an den Schultern und schüttelte sie. »Geh jetzt da rein und sag, wem das Zeug gehört!«, forderte er sie auf.

Nina sah ihn provozierend an. »Geh du doch rein und sag es! Du weißt es doch auch!«

Kai schwieg. Natürlich wollte sie nicht wirklich, dass er die anderen ans Messer lieferte. Aber wenn sie es gewollt hätte, hätte er es getan? Er wusste es nicht.

Alle Enttäuschung wich plötzlich aus Ninas Gesicht. Im Gegensatz zu den anderen hatte Kai wenigstens ein Zeichen der Solidarität gesetzt, da er den Test nicht mitschrieb. Dafür war sie ihm unendlich dankbar. Es war schön, jetzt nicht allein zu sein.

Kai begleitete Nina nach Hause. Sie redeten nur wenig, fuhren einfach nur mit dem Fahrrad am Wasser entlang nebeneinander her. Worüber hätten sie auch noch reden sollen, da ihnen die Gedanken in ihren Köpfen so lärmend erschienen, dass jeder fürchtete, der andere könne sie hören?

»Soll ich noch mit reinkommen?«, fragte Kai, als Nina vor dem Reetkoven-Haus abgestiegen war. Malte war bestimmt daheim. Er würde fragen, wieso sie nicht in der Schule sei. Die Stunde der Wahrheit hatte also geschlagen. Besser, sie waren dabei unter vier Augen. Deshalb schüttelte Nina zuletzt den Kopf, jedoch nicht ohne ein dankbares Lächeln. »Wenn es allzu schlimm wird, komme ich zu euch rüber«, sagte sie, hob zum Abschied die Hand und schob ihr Fahrrad in den Garten, den eine üppig wuchernde Hecke begrenzte.

Malte war gerade dabei, einen Videobrief für Pat aufzunehmen. Nina platzte mitten hinein. Sie warf ihren Rucksack aufs Sofa und stellte sich mit verschränkten Armen vor ihren Bruder hin. »Ich bin von der Schule suspendiert«, sagte sie kurz und bündig.

»Wie bitte?«

Sie erzählte ihm, was passiert war. Malte traute seinen Ohren nicht. Wenn Nina sie mit ihrem falschen Verständnis von Aufrichtigkeit nicht alle in Schwierigkeiten gebracht hätte, hätte er sie für ihren Stolz und ihre Dickköpfigkeit vielleicht sogar bewundert. So aber fiel ihm spontan nur eines dazu ein: Es war eine riesengroße Dummheit.

»Weil du ein paar Idioten schützen willst, die sich morgens schon die Rübe zukiffen, gefährdest du unser Projekt«, hielt er ihr vor. »Wenn du jetzt einen Schulverweis kriegst, ist es aus, das ist dir doch hoffentlich klar. Ganz abgesehen davon, dass es eine Sauerei ist, an der Schule Drogen zu verkaufen. Und wer das deckt, ist für die Folgen zumindest mitverantwortlich.«

»Die haben sie ja nicht verkauft«, verteidigte sich Nina. »Und für den Eigengebrauch ist die kleine Menge doch legal.«

Malte ging auf sie zu und sah sie ernst an. Offenbar war sich Nina, die selbst keine Drogen anrührte, der Ernsthaftigkeit des Problems nicht voll bewusst. »Das ist vielleicht straffrei«, erklärte er, »aber nicht legal. Ob ein Strafverfahren eingeleitet wird, liegt ganz im Ermessen des Staatsanwalts.« Nina sank immer mehr in sich zusammen. Schließlich bekam Malte Mitleid mit ihr. »Wenn du schon so einen Mist baust«, sagte er versöhnlich, »wieso sagst du dann nicht wenigstens früher etwas. Wir haben abgemacht, dass alles auf den Tisch kommt.«

»Es ist doch alles nur wegen Frick«, erklärte Nina. »Er kann es einfach nicht vertragen, dass jemand ihm die Stirn bietet. Der will nur lauter kleine Spießer, die kuschen, wenn er den Mund aufmacht. Oder am besten schon vorher.« »Und da willst du den Helden spielen. Toll! Du zeigst ihm, was eine Harke ist, fliegst von der Schule und diese Deppen, die eigentlich schuld sind, lachen sich ins Fäustchen. Bravo!« Er klatschte in die Hände.

»Darum geht es doch gar nicht. Ich will, dass man mir glaubt, ohne dass ich dafür jemanden denunzieren muss. Ist denn das so schwer zu verstehen? Und außerdem: Im Zweifel für den Angeklagten.«

»Bis zu dem Kapitel bin ich leider noch nicht gekommen«, entgegnete Malte bissig. »Und werde ich wahrscheinlich auch nicht, weil ich hier nirgendwo Platz zum Arbeiten finde.«

Seine Hausarbeit war ihm wieder eingefallen. Bis jetzt hatte er außer einer Überschrift noch nichts aufs Papier gebracht. Wenn Nina schon so neunmalklug ist, dachte er, dann kann sie sich ja selbst rausboxen. Ich habe nämlich was anderes zu tun. Er verschwand nach oben in sein Zimmer und ließ seine Schwester allein zurück.

Mit hängenden Schultern schlich Nina nach oben. Sie hätte etwas mehr Verständnis von Malte erwartet. Wieso wollte keiner verstehen, worum es ihr eigentlich ging? Papa hätte mich bestimmt verstanden, dachte sie. Sie ging ins Schlafzimmer ihrer Eltern und setzte sich aufs Bett, das nun schon so lange kalt geblieben war. Trotzdem hatte sie das Gefühl, ihnen hier besonders nah zu sein. Sie nahm das Familienbild, das auf dem Nachttisch ihrer Mutter stand, und betrachtete es eine Weile. Tränen füllten ihre Augen. »Was hättet ihr mir geraten?«, sagte sie leise.

Sie hörte Geräusche von unten. Lukas war nach Hause gekommen. Wenig später stand er in der Tür, wartete dort einen Moment ab, um zu sehen, ob Nina allein sein wollte. Als sie ihn nicht fortschickte, kam er herein und setzte sich zu ihr. »Ich will nicht ins Internat«, sagte er bedrückt.

»Ich doch auch nicht«, entgegnete Nina. Sie fuhr ihm tröstend durchs Haar, drückte ihn dann an sich.

»Ich überlege immer, was Papa und Mama wohl gesagt hätten«, meinte Lukas nach einer Weile. »Wieso sagst du nicht einfach, wer es war?«

Nina löste die Umarmung. »Fängst du jetzt auch noch damit an!«, rief sie. Ihr Gesicht nahm einen angestrengten Ausdruck an. »Am liebsten würde ich es ja sagen, das wäre so leicht. Aber ich kann einfach nicht. Damit würde ich alles verraten, was Papa und Mama mir beigebracht haben.« Sie stand auf und ging zur Tür.

»Ich bin dir wohl völlig egal!«, rief Lukas ihr nach. »Du spielst hier den Märtyrer, weil deine Schulpflicht sowieso bald zu Ende ist. Und mich schickt ihr schön weg in die Berge.«

So ein Unsinn, dachte Nina nur. Schließlich stand ihr Abi auf dem Spiel. Aber offenbar dachten hier alle nur an sich. Was sie durchmachte, interessierte keinen. Keinen außer Kai. Und genau zu dem wollte sie darum jetzt auch gehen.

Kai hatte inzwischen mit seinen Eltern über Ninas Problem gesprochen. Sie schienen das Ganze zwar ernst, irgendwie aber auch locker zu nehmen. Na ja, dachte Nina, während sie Walter Spindler betrachtete, der gelassen in der Ecke des weißen Ledersofas saß, wenn statt meiner Kai in der Schusslinie stünde, sähe es mit der Lockerheit wohl auch etwas anders aus.

Kais Vater plädierte für eine einvernehmliche Lösung. Nina sollte die anderen dazu bewegen, mit ihr zu Frick zu gehen, sich zu entschuldigen und zu versprechen, nie wieder so etwas zu machen.

»Das machen die nie«, entgegnete Nina sogleich, Kai nickte zustimmend.

»Dann kannst du die Namen auch mit gutem Gewissen nennen«, meinte Walter Spindler.

Nina atmete schwer. Schließlich entschloss sie sich, doch noch einmal mit ihren Klassenkameraden zu sprechen, auch wenn sie sich nicht besonders viel davon erhoffte. Sie wusste, wo sie sie jetzt finden würde: in der Segelschule, um das Fest vorzubereiten.

Als Nina dort ankam, waren alle eifrig damit beschäftigt, Tische und Bänke aufzubauen, Lichterketten aufzuhängen und Getränkekisten zu schleppen. Ein paar hämmerten an der Bühne für Kais Band herum.

»Hört mal alle zu«, machte Nina mit erhobener Stimme auf sich aufmerksam. »Ich muss mit euch reden.« Die anderen unterbrachen ihre Arbeit und kamen näher. Sie wirkten nervös, aber auch entschlossen. »Ich werde keinen verpetzen«, begann Nina zur Beruhigung aller, »aber ich hab keine Lust, für etwas von der Schule zu fliegen, das ich nicht getan habe. Deshalb schlage ich vor, dass wir gemeinsam zu Frick gehen, uns entschuldigen und versprechen, dass so etwas nie wieder vorkommt.«

Dennis ging einen Schritt auf sie zu. »Die haben mich doch sowieso schon auf dem Kieker«, sagte er gequält. »Wenn die mitkriegen, dass ich mit der Sache auch was zu tun habe, ist für mich Feierabend. Bei dir ist das was anderes. Du hast ein super Image. Dich würden sie nie rausschmeißen.«

»Das sehe ich auch so«, pflichtete Florian bei. »Nach dem, was mit deinen Eltern passiert ist, fassen die dich sowieso mit Samthandschuhen an. Ich bin dafür, wir warten die morgige Lehrerkonferenz ab. Wenn die wirklich die harte Tour fahren, können wir ja immer noch sehen.« Der Rest der Truppe schloss sich dieser Meinung an.

Nina warf ihnen allen böse Blicke zu. Die Gleichgültigkeit, die sie in ihren Augen las, erschreckte und empörte sie. Selbst wenn sie morgen der Schule verwiesen würde, würde keiner von denen einen Finger zu ihrer Verteidigung rühren.

Sprachlos vor Zorn packte Nina ihr Fahrrad und radelte nach Hause. Dort schloss sie sich in ihr Zimmer ein. Sie wollte mit niemandem reden, nicht mal mit Kai, der einige Zeit später an ihre Tür klopfte.

Da Nina nicht öffnete, ging Kai die Treppe wieder hinunter ins Wohnzimmer, wo Malte nun schon den ganzen Nachmittag händeringend versuchte, seine Hausarbeit zu schreiben. Mehr als ein paar Stichworte hatte er allerdings immer noch nicht aufs Papier gebracht.

»Wie kann man nur so dickköpfig sein«, sagte Kai. »Was ist schon dabei, die Namen zu nennen? Kannst du nicht noch einmal mit ihr reden? Vielleicht hört sie auf dich. Wenn sie nur nicht so verbohrt wäre.«

Malte schüttelte den Kopf. Er hatte über Ninas Problem nachgedacht und seine Meinung geändert. Es war falsch, Ninas Standfestigkeit brechen zu wollen. »Vielleicht ist sie nicht verbohrt, sondern aufrichtig«, sagte er. »Sie hat ihre Ideale und verteidigt sie bis zur letzten Konsequenz. Man sollte ihr helfen, statt sie ...« Malte beendete den Satz nicht. Etwas war ihm durch den Kopf geschossen. Ein Gedanke. Nicht der, nach dem er den ganzen Tag schon suchte. Aber einer, der die Lehrer vielleicht davon überzeugen konnte, dass es nicht richtig war, seine Schwester zu bestrafen.

Malte verabschiedete sich knapp, aber bestimmt von Kai, strich die Überschrift auf seinem Block durch und warf einen ersten Satz aufs Papier. Sofort folgte ein zweiter. Die Gedanken waren in Bewegung geraten. Was vorher so schwer, ja unmöglich erschienen war, lief nun wie von selbst. Dass Frau Professor Müller ihm für das, was er da schrieb, keinen Schein geben würde, weil es mit dem von ihr gestellten Thema rein gar nichts zu tun hatte, wurde mehr und mehr zur Nebensache. Für ihn stand nur ein Seminarschein auf dem Spiel, für Nina die Zukunft.

Bedrückt fuhr Nina am nächsten Morgen zur Schule. Sie hatte eine schlaflose Nacht hinter sich, die schlimmste seit dem Tod ihrer Eltern. Blass und gebeugt betrat sie das Lehrerzimmer. Frau Puschke und ihr Kollege Schmitt sahen Nina mitfühlend an. Kein Zweifel, die beiden waren auf ihrer Seite. Aber zwei waren zu wenig.

Stumm hörte Nina zu, wie Frick anhob, um noch einmal den Lehrern ihr angebliches Vergehen vor Augen zu führen. Immer wieder warf er Nina strafende Blicke aus seinen kalten grauen Augen zu. Plötzlich klopfte es, im nächsten Moment stand Malte in der Tür. Trotz des Ernstes der Lage entfuhr Nina ein kurzes Lachen. Malte sah in einem Anzug und mit der geblümten Krawatte auch zu komisch aus. Er entschuldigte sich für die Störung, erklärte, er habe als Ninas Erziehungsberechtigter ein Recht, bei der Sitzung dabei zu sein und nahm neben seiner Schwester Platz. Sie fühlte sich schon ein bisschen besser. Wenigstens war sie nicht mehr allein. Nachdem Frick sämtliche Anklagepunkte vorgebracht und auf die allgemeine Drogengefahr mehr als einmal hingewiesen hatte, bat Malte um das Wort. Er hatte sein Plädoyer ausgearbeitet und zu früher Morgenstunde seiner Professorin zur Begutachtung vorgelegt. Sie hatte es für bemerkenswert erachtet und ihm den Schein dafür gegeben, obwohl es mit dem von ihr gestellten Thema nichts zu tun hatte. Malte begann, indem er betonte, dass selbst die Staatsanwaltschaft bei einer so geringfügigen Menge weicher Drogen, mit der Nina ertappt worden war, im Allgemeinen von einer Strafverfolgung absah. »Ihre Schulordnung stuft den Besitz von Haschisch also schärfer ein als unsere Gesetzgebung«, setzte Malte seine Rede fort, nachdem er eifrig Paragrafen zitiert hatte, um die Lehrerkonferenz zu beeindrucken. »Aber darum geht es hier eigentlich gar nicht. Wir alle, Sie so gut wie ich, wissen, dass meine Schwester weder raucht noch trinkt und auch keine Drogen nimmt. Sie soll hier bestraft werden, weil sie sich weigert, Mitschüler zu denunzieren, Mitschüler, die nicht mit Drogen gehandelt, sondern sie nur zum Eigengebrauch besessen haben, was, wie gesagt, nach gängiger Rechtspraxis nicht verfolgt wird. Ich finde den Druck, der auf meine Schwester ausgeübt wird, unerhört. Denunzieren oder von der Schule fliegen. Einen Menschen, der in einer solchen Situation nicht den einfacheren Weg geht, sondern seinen Idealen treu bleibt, sollte man wegen seiner Charakterstärke bewundern, statt ihn brechen zu wollen. Ich bin auf den Mut und die Standfestigkeit meiner Schwester stolz. Deshalb bitte ich Sie, Ihr Vorgehen genau zu bedenken und Nina nicht für etwas zu bestrafen, das sie nicht begangen hat.«

Als Malte zu Ende gesprochen hatte, bat Frick ihn und Nina, auf dem Flur zu warten, während die Lehrerkonferenz sich beriet.

»Danke, dass du mich nicht im Stich gelassen hast«, sagte Nina draußen zu ihrem Bruder. »Deine Rede war echt super.« Zäh verstrichen die Minuten. Nach einer Viertelstunde ging die Tür des Lehrerzimmers auf, Frick trat auf den Flur hinaus und wandte sich an Nina. »Ihre Aufsichtsperson«, sagte er und warf einen kühlen Seitenblick auf Malte, »hat das Kollegium überzeugt. Für dieses Mal bleibt es bei einer Verwarnung. Wenn wir Sie noch einmal mit Drogen oder Alkohol erwischen, werden Sie der Schule verwiesen.« Die unbewegliche Miene, mit der Frick das sagte, ließ keinen Zweifel, dass er diese Entscheidung nicht mitgetragen hatte. Nina atmete auf. Ein riesengroßer Stein fiel ihr vom Herzen. Dankbar und überglücklich fiel sie Malte um den Hals. Was hätte sie nur ohne ihn getan? Er war ihr Retter! Als die Tür zum Lehrerzimmer wieder zugegangen war, schlichen Ninas Mitschüler heran, allen voran Dennis, Florian und Jacqueline. Wegen der Konferenz war die erste Schulstunde ausgefallen.

»Wie ist es gelaufen?«, wollte Dennis wissen.

»Ich darf bleiben«, sagte Nina knapp. Die Schüler atmeten auf. Nicht so sehr, weil Nina nun doch nicht von der Schule flog, sondern weil sie kein schlechtes Gewissen zu haben brauchten. »Das finden wir echt spitze«, erklärten sie überschwänglich.

»Wisst ihr was?«, entgegnete Nina kühl. »Ihr könnt mich mal.« Damit ließ sie die anderen stehen und ging, bei Malte untergehakt, davon.

Das Rennen

Nina trat kräftig in die Pedale. Pünktlich würde sie es nicht mehr zur Schule schaffen. Wenigstens würde ihre Verspätung keinen Eintrag ins Klassenbuch bedeuten, denn heute Morgen fiel die erste Stunde aus. Stattdessen verkündete Direktor Frick in der Aula die Namen der Schüler, die die Qualifikation für die Segelregatta geschafft hatten. Da Nina noch nicht lange bei der Segel-AG war, rechnete sie sich zwar keine Chancen aus, aber das Ergebnis interessierte sie trotzdem brennend.

Völlig außer Atem kam Nina in die Aula. Frick stand vorne an einem Pult. Er hatte die Namen der Glücklichen eben verkündet, ein paar Schüler erhoben sich und zwängten sich mit vor Stolz geschwellter Brust durch die Stuhlreihen, um aus der Hand des Direktors eine Urkunde entgegenzunehmen. Nina wollte sich eben setzen, als jemand ihr von der Seite gedämpft zurief: »Beeil dich, Nina! Du musst nach vorne!«

Nina wandte den Kopf. Jacqueline und ihre Freundinnen. Jacqueline hatte ihr blondes Haar wie immer streng nach hinten frisiert und zu einem Pferdeschwanz gebunden, ihr Gesicht war so dicht mit Schminke zugekleistert, dass fast kein Mienenspiel mehr möglich war. Ungläubig sah Nina die Mädchen an. Meinten die das ernst? Hatte sie sich wirklich für die Regatta qualifiziert?

»Nina, Paul, Andrea«, hörte sie da Rektor Frick noch einmal rufen.

Das war ihr Name. Es stimmte also. Nina ging als Letzte nach vorne und reihte sich ein. Sie fragte sich allerdings, wieso sie zu viert vor Frick standen, da er doch nur drei Namen genannt hatte. Eine dunkle Ahnung beschlich sie. Hatte man sie reingelegt? Aber Frick hatte eindeutig Nina gesagt.

Der Direktor gab den anderen drei Schüler die Urkunden und sprach lobende Worte, Nina aber behandelte er wie Luft. Da begriff sie, wie sie sich derart hatte täuschen können. Neben ihr stand Nina Weber aus der 10a. Die hatte Frick also gemeint. Ihre Mitschülerinnen hatten das natürlich gewusst. Wieso kicherten sie sonst jetzt so schadenfroh?

Nina kam sich wie ein kompletter Idiot vor. Unbeholfen lächelte sie, obwohl die Schüler anfingen, mit Fingern auf sie zu zeigen und das Gekicher unüberhörbar wurde. Sie glühte am ganzen Körper, Schweißtropfen rannen an ihrem Rücken hinab. Wenn Blicke töten könnten, wären Jacqueline und ihre Clique längst mausetot gewesen.

Als Nina und Kai nach der Schule zu ihren Fahrrädern schlenderten, standen die Mädchen schon Spalier, um Nina die Blamage erneut unter die Nase zu reiben, so wie sie es schon den ganzen Vormittag über bei jeder Gelegenheit getan hatten. Bisher hatte Nina ihre dummen Bemerkungen einfach ignoriert. Sie wusste nicht, wie lange sie das noch durchhalten würde, denn allmählich platzte ihr der Kragen.

»Super Auftritt heute Morgen«, spöttelte Jacqueline sofort wieder. »Wenn du so weitermachst, kommst du bestimmt noch ganz groß raus.«

»Dich hätte man so ja nicht reinlegen können«, entgegnete Nina, »so wie du segelst.«

Jacqueline lachte auf. »Wen interessiert denn Segeln? Ich habe andere Fähigkeiten.« Prahlerisch warf sie den Kopf in den Nacken.

»Nichts, was ich nicht besser könnte.«

»Wetten wir?«, versetzte Jacqueline und sah Nina abschätzig an.

Kai warf Nina einen warnenden Blick zu. Wieso ließ sie sich immer wieder mit diesen Zicken ein? Einfach ignorieren – das war die beste Art, mit ihnen umzugehen.

»Wie du willst«, sagte Nina nach kurzem Überlegen. »Ich schlag dich in jeder Sportart. Rennen, Radfahren, Segeln, Tennis, Schwimmen. Such dir was aus.«

Im Nu versammelten sich immer mehr Schüler um Nina und Jacqueline, sodass die beiden schon bald umringt waren. Kai schwante Schlimmes. Er kannte Nina gut genug, um zu wissen, wie unüberlegt sie handeln konnte, wenn ihr Stolz verletzt war.

»Abgemacht«, sagte Jacqueline, die sich ebenfalls keinen Rückzug mehr erlauben konnte.

»Gut«, sagte Nina zufrieden. So unbeholfen wie ihre Gegnerin im Sportunterricht wirkte, sah sie sich schon jetzt als die sichere Siegerin. »Du wählst die Sportart.«

Jacqueline lächelte. »Ich bin für etwas, das fetzt«, erklärte sie. »Wir fahren ein Autorennen.«

Während ringsum spontane Begeisterung aufflammte, sackte Nina das Herz in die Hose. »Spinnst du?«, rief sie aus.

Jacqueline zog verächtlich die Brauen hoch. »Du kneifst? Hab ich es mir doch gedacht.« Selbst froh, auf diese Weise elegant dem Wettstreit entgangen zu sein, wandte sie sich ihren Freundinnen zu.

»Einen Augenblick!«, rief Nina ihr nach. Sie hatte keine Lust, zweimal an einem Tag vor der ganzen Schule als Idiotin dazustehen. »Sag mir nur, wann und wo.«

Jacqueline drehte sich erstaunt um. Jeder konnte sich denken, dass Nina nicht die geringste Ahnung von Autos hatte. Ganz anders als ihre prahlerische Mitschülerin. Ihr neuer Freund Lennart arbeitete in der Autowerkstatt seines Vaters mit. Er hatte sie schon mehrmals ans Steuer einer Corvette gelassen, auch wenn ihm anfangs der Angstschweiß auf der Stirn gestanden hatte. Doch am Ende hatte er sie doch gelobt. »Du bist ein Naturtalent, Baby«, hatte er gesagt.

»Die Wette gilt also?«, fragte Jacqueline nach.

»Ihr habt doch gar keine Autos«, wandte Kai ein.

»Die kann uns Lennart besorgen«, gab Jacqueline zurück. »Was ist jetzt?«

»Die Wette gilt«, sagte Nina nur knapp, nahm ihr Fahrrad und ließ die anderen stehen. Sie ahnte, dass sie gerade eine schreckliche Dummheit begangen hatte. Aber sie war es leid, diesen aufgetakelten Angeberinnen ständig das Feld zu überlassen.

Kai hatte Mühe, mit Ninas Tempo mitzuhalten. Schließlich schaffte er es aber doch, sich mit seinem Fahrrad neben sie zu schieben. Er war verärgert und hielt mit seinen Vorwürfen auch nicht hinter dem Berg. »Die Wette ist idiotisch!«, hielt er seiner Freundin vor. »Wie willst du sie einhalten? Du kannst doch überhaupt nicht Auto fahren.«

Nina vermied es, ihn anzusehen. Sie wusste selbst, dass sie nicht Auto fahren konnte. »Dann lerne ich es eben«, gab sie trotzig zurück.

»Mal so auf die Schnelle, verstehe. Und den Rest deines Lebens fährst du dann im Rollstuhl. Hast du eine Vorstellung, wie so ein Rennen aussieht? Da wird mit hundertzwanzig oder hundertfünfzig Sachen losgebrettert.«

Nina wurde ganz bang, ihr Herz rutschte noch tiefer. Aber sie konnte doch jetzt nicht mehr zurück. Dann hätte sie endgültig vor der ganzen Schule ihr Gesicht verloren. »Du kannst einem ja Mut machen«, sagte sie. »Hilf mir lieber, an ein Auto ranzukommen, mit dem ich üben kann.« Sie hatte aufgehört, in die Pedale zu treten, ließ das Fahrrad einfach laufen.

»Nina …« Kai schüttelte den Kopf. Ihr verdammter Stolz!

Da hatte Nina einen Einfall, durch den sie wieder etwas Hoffnung schöpfte. »Deine Eltern sind doch für ein paar Tage nach London geflogen«, sagte sie. »Und euer Auto steht meistens eh nur in der Garage herum.«

»Das kommt überhaupt nicht in Frage«, winkte Kai ab.

Nina bettelte noch ein wenig, aber als sie erkannte, dass es für den Moment aussichtslos war, ließ sie es schließlich bleiben. Vielleicht überlegt er es sich ja noch, hoffte sie.

An einer Kreuzung trennten sich ihre Wege. Eigentlich begleitete Kai Nina meistens bis nach Hause, aber heute war er viel zu verärgert über sie. Er verabschiedete sich nicht einmal richtig von ihr, sondern fuhr einfach davon.

Kaum war er weg, fühlte Nina sich noch schlechter. Ihre Schultern fielen nach vorne, der Körper sackte zusammen, sie ließ den Kopf hängen. Jetzt, da sie kein Selbstbewusstsein mehr zur Schau stellen musste, krochen von überall die Zweifel hervor. Wahrscheinlich hatte Kai Recht. Das Ganze war absoluter Wahnsinn. Und es konnte sehr schnell ein tödlicher Wahnsinn daraus werden.

Die Bilder vom Unfall ihrer Eltern drängten sich Nina wieder auf. Zum Glück hatte sie nur die Fotos in der Zeitung gesehen, aber die waren schon schlimm genug gewesen. Sollte sie also lieber einen Rückzieher machen? Es wäre bestimmt das Vernünftigste gewesen. Aber sie hatte ihr Wort gegeben, das Rennen zu fahren, und ein gegebenes Wort zu halten, gehörte zu ihren festen Prinzipien.

Zu Hause angekommen, nahm Nina die Post aus dem Briefkasten mit hinein. Für Malte war wieder ein Videobrief von Pat dabei. Die beiden schickten sich fast jede Woche ein Video zu. Beneidenswert, wenn man jemanden hatte, der einem sogar über diese große Entfernung die Treue hielt, der einen auch dann noch unterstützte, wenn er die Entscheidungen, die man getroffen hatte, missbilligte.

Nina stellte ihre Schultasche ab und legte die Post auf den Esstisch. Völlig erledigt ließ sie sich auf einen Stuhl fallen und stützte den Kopf müde in die Hände. Jedes Körperteil schien unendlich schwer. Wieder und wieder dachte sie an das Rennen. Eigentlich sollte sie verärgert sein über Jacquelines Vorschlag. Aber eine Lösung ihres Problems fiel ihr im Moment nicht ein.

Nach einer Weile kam Malte mit Einkaufstaschen bepackt nach Hause. Schon im Flur hörte sie ihn schimpfen. Eismann hatte sich mal wieder seine Lieblingslederjacke geschnappt und an den Ärmeln herumgekaut. Sie war schon ganz fleckig und durchlöchert.

»Kannst du nicht mal besser auf den Hund aufpassen?«, warf er Nina vor.

Sie schien ihn erst jetzt zu bemerken. »Was?«, fragte sie, in ihren Gedanken noch immer ganz woanders.

Malte bemerkte ihre Abwesenheit. »Stimmt was nicht?«, fragte er.

Sie stand auf und nahm ihre Schultasche. Malte wäre so

ziemlich der Letzte gewesen, dem sie von dem Rennen erzählt hätte, denn er wäre bestimmt wieder total ausgeflippt. »Es ist nichts«, sagte sie deshalb. Der Umschlag mit Pats Videobrief fiel ihr ins Auge. Sie reichte ihn ihrem Bruder. »Von Pat«, sagte sie, »war heute in der Post.« Damit war er erst einmal beschäftigt und würde keine Fragen mehr stellen.

Vor dem Segelunterricht schaute Kai bei Nina herein. Sie saß gerade über Maltes altem Lehrbuch von der Fahrschule. Kai tat so, als bemerke er es nicht und erzählte von dem neuen Lied, das er geschrieben hatte. Er wollte schon anfangen, es ihr vorzusingen, aber Nina würgte ihn ab. »Ich bin jetzt nicht in Stimmung dafür«, sagte sie. »Hast du die Autoschlüssel?« Vielleicht hatte er es sich ja doch anders überlegt.

Kai sah sie ernst an. »Ich kann dir die Autoschlüssel nicht geben«, erklärte er. »Wenn dir was passiert …« Seine Stimme zitterte.

Wenn Nina nicht so sehr mit sich selbst beschäftigt gewesen wäre, hätte sie den eigenartigen Blick bemerkt, mit dem Kai sie ansah. Aber sie erwiderte nur enttäuscht: »Du lässt mich also im Stich?« und wandte die Augen ab.

»Sag die Wette ab«, beschwor er sie.

Ninas Miene verhärtete sich. »Das kann ich nicht. Ich hab mein Wort gegeben und das kann ich nicht einfach brechen.«

»Da brichst du dir schon lieber den Hals«, versetzte Kai sarkastisch. Wieso musste sie nur immer so stur sein? »Es geht hier nur um deinen verdammten Stolz, um sonst nichts.« Seine Stimme klang immer ärgerlicher.

»Mein Vater hat mir beigebracht, dass man zu dem, was man gesagt hat, stehen muss.«

»So hat er es ganz bestimmt nicht gemeint.«

Das wusste Nina auch. Vielleicht hatte Kai ja Recht, vielleicht ging es nur um ihren Stolz. Aber was wäre daran so falsch gewesen? Jacqueline und die anderen Mädchen gaben ihr ständig das Gefühl, sie sei eine Versagerin, weil sie sich nicht so auftakelte wie sie, weder trank noch rauchte, noch sich die Nächte in Diskos um die Ohren schlug und auch noch keinen festen Freund hatte. Sie hatte genauso viel drauf wie die, eigentlich sogar viel mehr. Und manchmal musste man das eben beweisen! Nina stand auf und ging ans Fenster. »Was geht dich das alles eigentlich an?«, fragte sie Kai verärgert und enttäuscht.

Er sah sie an, wieder mit diesem besonderen Blick. »Ich will nicht, dass dir etwas ...« Er sprach nicht weiter, aus Angst, sie könne gerade jetzt seine Gefühle erraten, da sie verärgert über ihn war, und etwas Verletzendes sagen, das sich später nicht mehr zurücknehmen ließ. »Glaubst du im Ernst, dein Vater hätte gewollt, dass du dein Leben riskierst?«, fragte er.

Nina spürte einen Stich in ihrem Herzen. Zum ersten Mal dachte sie daran, was ihre Eltern zu dem Rennen gesagt hätten. Sie hätten es verboten, zweifellos. Ihr Vater hätte vermutlich Härte gezeigt, das Ganze eine Dummheit genannt, was es ja auch war. Und ihre Mutter hätte sie beiseite genommen, ihr erklärt, dass Papa nur so aufgebracht sei, weil er sie liebe, dass er aber Recht habe. Sie solle sich überlegen, wofür sie da eigentlich ihr Leben aufs Spiel setzen wolle. In den Armen ihrer Mutter würde Nina begreifen, dass es mutiger wäre, eine Fehlentscheidung rückgängig zu machen, als sehenden Auges in ihr Unglück zu rennen.

»Na schön«, sagte Nina schließlich zu Kai. »Ich sag das Rennen ab.«

Kai sprang vor Freude auf. Am liebsten hätte er sie in die Arme geschlossen. Doch er legte nur die Hände um ihre Schultern und drückte sie, um sie zu ihrem Entschluss zu beglückwünschen.

Gemeinsam gingen sie zur Segelschule. Sie trafen als die Letzten ein. Die anderen Schüler, unter ihnen Jacqueline und ihre Freundinnen, waren schon dabei, ihre Boote startklar zu machen. Nina fasste sich ein Herz und ging zu ihrer Erzrivalin, um ihr ihren Entschluss mitzuteilen. »Die Sache mit dem Rennen ist vielleicht doch keine so gute Idee«, sagte sie.

»Sie kneift«, kam es von allen Seiten, »Feigling!« und »War ja wohl klar!« Jacqueline zog nur arrogant eine Augenbraue hoch und sah Nina mit einem verächtlichen Blick an.

Nina spürte jedes dieser Worte wie einen Peitschenhieb. Kai konnte es sich gerade noch verkneifen, die anderen wegen ihrer Gemeinheit anzuschreien. Er konnte sich vorstellen, wie weh es Nina tat. Deshalb bewunderte er sie für ihre Standfestigkeit. »Komm«, sagte er und zog Nina auf die andere Seite des Stegs, wo das Segelboot ihrer Gruppe im Wasser lag.

»War ja klar, dass sie kneift«, sagte Jacqueline. »Sie ist eben ganz die Tochter ihres Vaters.«

Nina erschrak und drehte sich um. »Was hat mein Vater damit zu tun?«, fragte sie.

»Dein Vater konnte auch nicht Auto fahren«, höhnte Jacqueline, »sonst hätte sein Wagen sich wohl kaum überschlagen.«

Ninas Herz setzte einen Schlag aus, um dann umso heftiger zu pochen. Nie zuvor in ihrem Leben hatte sie jemanden gehasst. Jetzt tat sie es. Sie hasste Jacqueline, diese spitzzüngige Schlange!

»Vergiss, was ich vorhin gesagt habe«, sagte Nina mit trockener Kehle, aber fest entschlossen. »Wir fahren das Rennen!«

Damit wandte sie sich ab und ging wieder zu Kai, der am Geländer des Stegs lehnte. Er konnte es nicht fassen. »Du hast dich schon wieder von diesen Tussen rumkriegen lassen«, warf er Nina vor.

»Ich konnte nicht anders«, entgegnete Nina. Ein wenig von ihrer Entschlossenheit bröckelte bereits wieder, Zweifel kamen in ihr hoch.

»Wenn du das Rennen fährst, bin ich die längste Zeit dein Freund gewesen«, sagte Kai zornig. Im Moment wusste er selbst nicht, ob diese Drohung ernst gemeint war, oder ob er nur Druck auf Nina ausüben wollte.

Ninas Reaktion fiel allerdings nicht so aus, wie er es sich erhofft hatte. Zuerst sah sie ihn zwar erschrocken an, gleich darauf aber sagte sie mit einer Härte in ihrer Stimme, die er nie zuvor von ihr gehört hatte: »Dann halt dich da raus.«

Um die Ernsthaftigkeit seiner Worte zu unterstreichen, war Kai gleich nach dem Segelunterricht verschwunden. Allein.

Bedrückt radelte Nina nach Hause. Hatte sie wegen dieser Sache auch noch ihren besten Freund verloren? Andererseits: War er wirklich ein Freund, wenn er sie in einer solchen Situation im Stich ließ? Nina wusste nicht, ob sie traurig oder wütend sein sollte. Nur eins war ihr klar: dass sie vor dem Rennen eine Heidenangst hatte.

Zu Hause erwartete sie Lukas schon voller Ungeduld. Er war mit Staubwedel und Wischlappen bewaffnet und hatte in der Küche die Stühle hochgestellt. Dabei war er mit Putzen gar nicht an der Reihe. »Was soll denn das werden?«, fragte Nina.

»Phase eins der Party«, teilte Lukas geheimnisvoll mit.

»Welche Party?«

»Maltes Geburtstagsparty.«

Maltes Geburtstag! Den hatte Nina ganz vergessen. Trotzdem verstand sie noch immer nicht, was vorging, denn erst vor ein paar Tagen hatte Malte gesagt, er wolle seinen Geburtstag in diesem Jahr nicht feiern. »Will er jetzt doch feiern?«, fragte sie deshalb.

Lukas lächelte. »Klar. Er weiß nur noch nichts davon.« Er zwinkerte seiner Schwester komplizenhaft zu. Als die ihn nur erstaunt ansah, erklärte er: »Wir beide bereiten alles vor. Dann kann er gar nicht anders, dann muss er feiern.«

Manchmal waren die Ideen ihres kleinen Bruders gar nicht so dumm, fand Nina. »Und was schenken wir ihm?«, fragte sie. Dazu war ihm allerdings noch nichts eingefallen.

»Hilfst du mir also?«, wollte Lukas wissen.

»Später. Ich muss jetzt lernen.«

Ohne näher zu erklären, was sie mit »später« meinte, verschwand Nina nach oben. Lukas hörte nur noch, wie die Tür ihres Zimmers zufiel und wie sie sogar den Schlüssel umdrehte. Typisch, dachte er. Es bleibt mal wieder alles an mir hängen.

Wieso bleibt eigentlich immer alles an mir hängen, dachte auch Malte am nächsten Tag, als er die Einkäufe in die Küche schleppte. Vorher war er an der Uni gewesen, nur um festzustellen, dass er schon wieder wichtige Terminänderungen verpasst hatte. Das Seminar, für das er sich eingeschrieben hatte, fiel wegen Krankheit aus. Einfach so. Die anderen Studenten hatten sich längst auf die übrigen Seminare verteilt, weshalb die jetzt auch belegt waren. Malte musste mal wieder sehen, wie er doch noch zu seinem Schein kam.

Diese Erfahrung hatte in ihm ein Gefühl bestärkt, das in letzter Zeit immer mächtiger in ihm geworden war. Er fühlte, wie er in eine Lethargie abglitt, und konnte nichts dagegen tun. Das ganze Leben ging irgendwie an ihm vorbei, nichts hinterließ Spuren. Ihm war, als stürbe etwas in ihm. Wie sollte er in einer solchen Stimmung ausgerechnet seinen Geburtstag feiern? Ohne Pat. Vor allem, ohne seine Eltern.

Und dann kam auch noch Steinweber vorbei und erzählte, wie schön das Leben sei. Er war am Tag zuvor braun gebrannt von einem Karibikurlaub zurückgekommen und schwärmte von den Stränden, den Korallenriffen und dem Dolcefarniente. Malte hatte den Eindruck, er erzählte von einem Leben auf einem anderen Stern.

Steinweber lud Malte ein, ihn am Abend zu einem Football-Spiel zu begleiten. »Da lernst du vielleicht mal ein paar nette Frauen kennen«, sagte er mit einem Augenzwinkern und boxte Malte kumpelhaft auf die Schulter. »Die Cheerleader sind nicht schlecht, das kann ich dir flüstern.«

»Ich hab eine Freundin«, versetzte Malte humorlos und reichte Steinweber eine Tasse Kaffee.

»Aber die ist in Amerika.«

Malte sah Steinweber verständnislos an. Meinte er das ernst? Er würde nie auch nur auf den Gedanken kommen, mit einer anderen Frau auszugehen. Seine Liebe gehörte allein Pat. Auch wenn diese Liebe, die eigentlich nur noch aus Telefonaten und Videobriefen bestand, einen zunehmend irrealen Zug bekam. Aber das passte ja zu Maltes sonstigem Leben, das ebenfalls hinter einer Glasscheibe stattzufinden schien, die ihn vom Rest der Welt trennte.

Wenig später verließ Steinweber zusammen mit Lukas das Haus. Er hatte dem Jungen schon vor längerer Zeit versprochen, ihn einmal mit seinem Sportwagen spazieren zu fahren. Steinweber ging jedoch nicht, ohne Malte noch mal einzuschärfen, dass er ihn am Abend zum Football-Spiel abholen werde. »Keine Widerrede!« Malte fügte sich, wenn auch murrend.

Kaum waren die beiden weg, tauchte Nina auf. Malte sah ihr wieder an, dass etwas nicht stimmte. Er fragte sie, was los sei, war aber insgeheim froh, als sie ihn abwimmelte. Ein Problem weniger, mit dem er sich beschäftigen musste.

Malte sah sich Pats letzten Videobrief an. Zum wie vielten Mal? Er wusste es nicht. Seine Brust wurde eng bei ihrem Anblick. Sie trug das blaue Kleid, das ihm so an ihr gefallen hatte. Wann würde er sie wiedersehen? Wie würde das Wiedersehen sein? Lebte nicht jeder schon längst sein eigenes Leben? Er hatte von keiner einzigen Distanz-Beziehung gehört, die auf Dauer funktioniert hätte. Trotzdem klammerte er sich daran, glaubte an diese Liebe.

Um die Zeit irgendwie herumzubekommen, fing Malte an zu kochen. Im Kochtopf vor ihm blubberte Tomatensoße für die Spaghetti. »Essen ist gleich fertig«, rief er Nina aus der Küche nach oben zu. »Kein Hunger«, kam es von dort zurück. Eine halbe Stunde später hörte Malte die Haustür erneut zuschlagen. Seine Schwester war schon wieder weg. Kein Zweifel, irgendetwas hatte sie.

Eine halbe Stunde später läutete es. Kai stand vor der Tür. Irgendwann lasse ich ihm einen Schlüssel machen, dachte

Malte, so oft wie der hier ist. Kai wirkte seltsam beunruhigt. Zwei Stufen überspringend lief er die Treppe hinauf und verschwand in Ninas Zimmer, obwohl Malte ihm gesagt hatte, dass sie nicht da war. Er folgte ihm, fand ihn, wie er ungeniert in den Unterlagen seiner Schwester wühlte.

»Suchst du was?«, fragte Malte und stellte sich hinter ihn, um genau zu sehen, was er da machte.

Kai schüttelte den Kopf. »Ich wollte nur sehen, ob Nina Mathe schon gemacht hat«, erklärte er wenig überzeugend, ließ aber das Heft, auf dem groß und deutlich »Mathematik« stand, unbeachtet liegen und zog dafür einen Flyer aus dem Berg von Heften und Mappen.

»Kartbahn für Extreme«, las Malte laut. »Seit wann interessiert Nina sich fürs Kartfahren?«

»Tut sie nicht«, wiegelte Kai ab, auch dies nicht besonders überzeugend. »Den Flyer hat sie von mir.«

Kai steckte den Zettel ein und verschwand. Draußen sprang er sofort auf sein Fahrrad und trat mit aller Kraft in die Pedale. Er hatte noch einmal über alles nachgedacht. Auch wenn er die Sache mit dem Rennen noch immer für eine Riesendummheit hielt, durfte er Nina gerade jetzt nicht im Stich lassen. Ihr das zu sagen, war er eigentlich gekommen. Nun würde er es eben auf der Kartbahn tun.

Als er in das alte Lagerhaus kam, in dem mit Sandsäcken ein Kurs abgesteckt war, röhrten die Motoren mehrerer Karts ohrenbetäubend durch den Raum. Kai ließ sich einen Kart geben und fuhr in die Bahn. Schon auf der ersten Runde holte er Nina ein. Sie stand an der Bande, offenbar hoffnungslos in die schweren Sandsäcke verkeilt. Da sie einen Helm trug, erkannte er sie nur an ihrer Kleidung.

Kai hielt neben ihr an. Nina war erfreut und erleichtert, ihn zu sehen. Sie hatte ihre liebe Mühe mit ihrem Gefährt, das nicht so wollte wie sie. »Was machst du denn hier?«, fragte sie, nachdem sie den Helm abgenommen hatte.

»Ach, weißt du«, entgegnete Kai lächelnd, »meine Freundin fährt ein Rennen und da dachte ich, sie könne vielleicht ein bisschen Fahrunterricht gebrauchen.« Seine Miene wurde ernst. »Nur damit das klar ist«, fuhr er fort, »ich finde die Aktion noch immer hirnrissig. Aber manchmal kann man eben nicht anders, dann muss man eine Sache einfach durchziehen.«

Dankbar sah Nina ihn mit ihren großen braunen Augen an.

Eines Morgens stand Lukas verschlafen im Bad und putzte sich die Zähne. Halb sieben. Er hätte gerne noch ein wenig geschlafen, aber in dieser Woche war er laut Plan als Erster im Bad dran. Umso überraschter war er, als Nina plötzlich auftauchte und dringend ins Bad wollte. Genau wie gestern auch. »Warum sagst du mir nicht, dass du diese Woche früher ins Bad musst«, fuhr er sie verärgert an. »Dann hätte ich wenigstens länger schlafen können.«

»Lass mich in Ruhe und geh weg«, gab Nina verschlafen zurück und schob ihn vom Waschbecken weg. Sie hatte schon den zweiten Nachmittag in Folge mit Kai auf der Kartbahn verbracht und konnte deshalb nur abends für die Schule lernen. Gleich nachher wollte sie sich mit ihm treffen, um den Teil der Hausaufgaben von ihm abzuschreiben, den sie gestern nicht mehr geschafft hatte. Sie war irgendwie froh, dass das Rennen heute stattfinden sollte. Dann hörte endlich diese schreckliche Anspannung auf.

»Ich finde es gemein von dir, dass du mir bei den Vorbereitungen für Maltes Geburtstag kein Stück hilfst«, schimpfte Lukas weiter.

Nina hielt einen Moment mit dem Zähneputzen inne. Lukas' Vorwurf war berechtigt und es tat ihr ehrlich Leid, ihn derart hängen zu lassen. Aber sie hatte einfach keine Zeit. »Ich helfe dir schon noch«, versprach sie vage. Zahnpastaschaum tropfte aus ihrem Mundwinkel.

»Wir haben noch nicht einmal ein Geschenk«, fuhr Lukas fort.

»Ich sag doch, dass ich dir helfe«, wiederholte Nina ungeduldig.

Da ging die Badezimmertür auf. Malte steckte den Kopf herein. Seine Augen waren nur schmale Schlitze, die kurzen Haare standen in alle Richtungen ab. »Was ist denn hier los?«, fragte er. Aber es interessierte ihn nicht wirklich. Auf der Suche nach einer Aspirin wandte er sich dem Regal mit den Medikamenten zu.

Der Abend mit Steinweber war ziemlich heftig gewesen. Nach dem Spiel waren sie mit ein paar Cheerleadern in eine Kneipe gegangen und dort hoffnungslos abgestürzt. Doch Malte hatte keine Minute genossen. Im Gegenteil. Das Gekicher der beiden Mädchen war ihm auf die Nerven gegangen, und dass Steinweber die ganze Zeit versuchte, ihn mit einer von den beiden zu verkuppeln, hatte ihn so geärgert, dass es zwischen ihnen fast zu einem Streit gekommen wäre. Zuletzt hatte sich Malte einfach sinnlos betrunken.

»Wie war's denn?«, fragte Lukas.

Malte winkte ab. »Blödes Spiel, blöder Stein, blöder Abend. Das alles interessiert mich nicht mehr.«

»Dich interessiert gar nichts mehr!«, rief Lukas aus. »Du hängst die ganze Zeit nur noch rum und bläst Trübsal. Dir ist doch alles scheißegal! Sogar dein eigener Geburtstag! Und Nina auch. Hier kümmert sich niemand mehr um irgendwas.«

Lukas rannte aus dem Bad in sein Zimmer, wo er sich verärgert aufs Bett warf. Er fühlte sich von allen im Stich gelassen. War er der Einzige, dem die Familie noch etwas wert war? Offensichtlich, denn seine Geschwister kümmerten sich nur noch um sich selbst. Trotzig beschloss Lukas, zukünftig auch nur noch das zu tun, was ihn interessierte.

In der Schule empfing sein bester Freund Til ihn mit einer sensationellen Neuigkeit. »Heute Nachmittag um fünf steigt bei der alten Kaserne ein Autorennen«, erzählte er. »Und weißt du, wer mitfährt? Deine Schwester Nina!«

Lukas blickte zuerst erstaunt auf, sah dann aber wieder demonstrativ in das Heft, das vor ihm auf der Schulbank lag und tat so, als läse er darin. »Interessiert mich nicht«, sagte er gleichgültig. »Ich kümmere mich jetzt nur noch um mich selbst.«

»Stimmt was nicht mit dir, Alter?«, fragte Til besorgt. Das war nicht der Lukas, den er kannte. »Mir kannst du es doch sagen. Ich bin dein bester Freund.«

Lukas druckste ein wenig herum, dann kam er mit der Wahrheit heraus. »Zu Hause ist nichts mehr wie es mal war. Wir sind überhaupt keine Familie mehr. Mein Bruder hat morgen Geburtstag und will nicht mal mit uns feiern.«

Til nickte verständnisvoll. Er wusste, was Lukas nach dem Tod seiner Eltern mitgemacht hatte, und dass er längst noch nicht darüber hinweg war. Til war zwar ein Adoptivkind, aber seine Eltern liebten ihn darum nicht weniger als Kai, seinen Stiefbruder. Allein schon der Gedanke, er könne seine Eltern und ihre Liebe verlieren, machte Til traurig.

In einem Gefühl tiefster Solidarität zog er seinen kleinen Plüschbären, an dem seine jahrelange Liebe sichtliche Spuren hinterlassen hatte, aus der Schultasche und schob ihn Lukas zu. »Letzte Woche hat er auch noch sein zweites Ohr verloren«, sagte Til, »und jetzt sieht er echt krass aus. Aber wenn du willst …«

Lukas sah Til erstaunt an. Er wusste, wie viel der Bär ihm bedeutete. »Ist das dein Ernst?«, fragte er und nahm das Stofftier zögerlich.

Til nickte. »Wenn du willst, können wir beide ja heute Nachmittag etwas unternehmen.«

Lukas sah den Bären einen Moment schweigend an. Er fühlte sich schon besser. Dank Tils Hilfe hatte er sein Tief von heute Morgen überwunden. Wozu brauchte er seine Geschwister, wenn er einen so guten Freund an seiner Seite hatte?

Auch wenn Frau Puschke ihn an diesem Morgen zuerst mit Latein triezte und ihm später mit seinem Deutschaufsatz auf die Nerven fiel, den er in dieser Stunde eigentlich hätte abgeben sollen, ließ Lukas sich heute kaum noch aus der Ruhe bringen. Die Aussicht, zusammen mit Til den

Nachmittag vor dem Fernseher zu verbringen, ließ ihn alles mit größter Gelassenheit ertragen.

Nachdem die Schulglocke die letzte Stunde beendet hatte, stürmten Lukas und Til aus dem Klassenzimmer auf den Schulhof. Plötzlich stieß Til Lukas sanft in die Seite. »Sieh mal.« Malte stand neben Lukas' Fahrrad. Til hatte Gespür genug, um zu wissen, dass die beiden wohl was zu bereden hatten.

»Musst du nicht zur Uni?«, fragte Lukas.

»Gleich«, entgegnete Malte. »Vorher muss ich noch mit dir reden. Eigentlich wollte ich mich bedanken.«

Lukas sah ihn überrascht an. Er war sich nicht bewusst, irgendetwas für seinen Bruder getan zu haben. Oder hatte er etwa gemerkt, dass er eine Geburtstagsfeier für ihn plante? »Wofür?«, fragte er.

»Du hast mir den Kopf gewaschen«, erklärte Malte. Die Worte seines kleinen Bruders hatten ihm zu denken gegeben. »Ich hab mich wirklich hängen lassen. Ich weiß einfach nicht, wie ich wieder einen Fuß ins Leben bekommen soll. Alles ist so verändert. Deshalb wollte ich auch meinen Geburtstag nicht feiern. Ich hatte Angst, es würde mich zu sehr an früher erinnern. Verstehst du das?«

Lukas nickte. Natürlich kannte er dieses Gefühl. Gerade deshalb waren ihm seine Geschwister so wichtig. Sie waren für ihn der Rückhalt im Leben.

»Aber jetzt lege ich wieder los«, versicherte Malte mit einem Lächeln und drückte ihn dann an sich.

Lukas' Arme schlossen sich um seinen großen Bruder. Das war der Malte, den er liebte und den er brauchte. Zusammen würden sie alles schaffen.

Mit leichtem Herzen fuhr Lukas nach Hause. Die Vorbereitungen für Maltes Geburtstag mussten also mit voller Kraft weitergehen. Wie verabredet kam Til wenig später vorbei. Das Freizeitprogramm war gestrichen, Kochen stand auf dem Programm. Kartoffelsalat und Frikadellen waren schon immer Maltes Geburtstagsessen gewesen, niemand hatte sie so gut gemacht wie seine Mutter. Damit war schwer zu konkurrieren. Lukas und Till blätterten alle Kochbücher durch, fanden aber nirgends ein Rezept. Sie wollten schon aufgeben, als Lukas den rettenden Einfall hatte: Frau Puschke. Sie war eine Frau, und jede Frau wusste, wie man Kartoffelsalat machte.

»Wahrscheinlich fängt sie dich gleich an der Tür ab und fragt, wo dein Deutschaufsatz ist«, gab Til zu bedenken.

Lukas wog unschlüssig den Kopf und befand dann, dass er dieses Risiko eingehen müsse. Til erklärte sich bereit, mit ihm in die Höhle der Löwin zu gehen.

»Kommen heute Nachmittag nicht deine Eltern aus London zurück?«, frage plötzlich Lukas. »Ich glaube, du gehst besser nach Hause, um sie zu begrüßen.« Nichts war so wichtig wie die Familie, so viel hatte Lukas begriffen, und da musste man notfalls auch auf Kartoffelsalat verzichten.

Fünf Uhr. Die halbe Schule hatte sich bereits an der Betonpiste zwischen den heruntergekommenen Baracken der alten Kaserne versammelt. Ein roter Sportwagen, den Jacqueline für sich organisiert hatte, stand bereit. Nur Lennart ließ mit dem Wagen für Nina auf sich warten. Unmut machte sich bereits breit, denn fünf Uhr war längst vorüber, als Lennart, ein junger Mann mit Schmalztolle, doch noch in einer weißen Corvette vorfuhr.

Nina atmete schwer durch. Sie hatte schon gehofft, Lennart würde nicht erscheinen. Aber nun gab es kein Zurück mehr. Bei ihren Übungsrunden auf der Kartbahn hatte sie zwar eine Menge gelernt, aber zwischen einem Kart und einem solchen Schlitten war ein Riesenunterschied.

»Deine letzte Chance auszusteigen«, sagte Jacqueline, überlegen grinsend. Insgeheim hoffte sie nichts mehr, als dass Nina einen Rückzieher machte.

Doch die dachte überhaupt nicht daran, ihr diesen Gefallen zu tun. »Wo sind die Schlüssel?«, fragte sie Lennart.

»Stecken«, kam es zurück.

Die beiden Mädchen stiegen ein und starteten die Motoren. Abgaswolken hüllten die Zuschauer ein. Nina legte die zitternden Hände auf das Lenkrad und sah auf die Piste vor sich.

»Zehn – neun – acht«, zählte Lennart, der den Starter machte, langsam herunter.

Ich muss nur das Lenkrad gerade halten, beruhigte Nina sich, nichts weiter. Und ordentlich Gas geben, natürlich.

»Sieben – sechs – fünf –«

Inzwischen hatten längst die sensationslüsternen Zuschauer das Amt des Starters übernommen, gemeinsam zählten sie herunter, Lennarts Stimme ging völlig unter. Genau wie das Klingeln seines Handys. Nur Lennart selbst hörte es. Eilig nahm er das Gespräch an.

»Vier – drei – zwei –«, zählten die Schüler weiter.

»Halt!«, rief Lennart plötzlich und stoppte in letzter Sekunde den Count-down. Sein jähzorniger Vater war am Telefon gewesen und hatte, völlig außer sich, nach der weißen Corvette gefragt. »Du bringst sie sofort zurück!«, hatte er in den Hörer gebellt, nachdem Lennart ein wenig herumgedruckst hatte. »Ja, Papa«, hatte er kleinlaut erwidert.

Lennart riss die Fahrertür auf, packte Nina unsanft am Arm und zerrte sie aus dem Wagen. Dann sprang er selbst hinter das Steuer und fuhr mit heulendem Motor davon.

Die Zuschauer, die sich um ein Spektakel betrogen sahen, beschwerten sich lautstark, während Nina, Kai und insgeheim auch Jacqueline erleichtert aufatmeten. »Ich wollte fahren«, verteidigte sich Nina, die nicht verstehen konnte, dass der Unmut sie traf, da doch Jacquelines Freund den Count-down abgebrochen hatte.

»Wir wollen ein Rennen sehen!«, beharrten die Schüler.

»Na schön«, rief Nina schließlich. »Dann wollen wir auch ein Rennen fahren. Wir haben immer noch unsere Fahrräder. Und da drüben ist gleich eine Cross-Bahn!«

Dieser Kompromiss gefiel allen, nur Jacqueline nicht. »Bei so einem Pimperkram mach ich nicht mit«, protestierte sie. Doch sie hatte keine Wahl. Ein paar Schüler drückten ihr ein Fahrrad in die Hand und ab ging es zur Cross-Bahn.

Unter Gejohle jagten Nina und Jacqueline über die Buckelpiste und an Hindernissen vorbei. Hier war Nina ganz in ihrem Element. Geschickt fuhr sie den Parcours ab, während ihre Konkurrentin schon kurz nach dem Start deutlich zurückfiel. Sie war nicht gerade eine talentierte Sportlerin. Als sie die Wende zum Ziel einschlagen wollte, verlor sie das Gleichgewicht, überschlug sich und landete auf der Nase. Ihr Top taugte danach nicht einmal mehr für die Altkleidersammlung und das Vorderrad ihres Fahrrades war völlig verbogen.

Nina wurde als Siegerin gefeiert. Der Ausgang des Rennens überraschte sie nicht. Viel überraschender fand sie es schon, Malte hinter der Ziellinie zu entdecken. »Wo kommst du denn her?«, fragte sie irgendwie verlegen, aber auch stolz auf ihren Sieg.

»Lukas hat mich angerufen und mir alles erzählt«, erklärte Malte. »Kannst du mir erklären, wieso du so einen Schwachsinn machst?«

»Weil ich mein Wort gegeben habe«, sagte Nina nur.

Auf dem Nachhauseweg fiel Nina ein, dass sie noch jemand anders ihr Wort gegeben hatte: Lukas. Sie fand ihn in der Küche zwischen Töpfen und Pfannen. Sein erster Versuch, Kartoffelsalat zuzubereiten, war kläglich fehlgeschlagen. Er hatte eingesehen, dass man für einen guten Kartoffelsalat nicht nur ein Rezept braucht, sondern auch Erfahrung.

»Dafür haben wir morgen Vormittag noch Zeit«, sagte Nina, die nun das Heft in die Hand nahm. »Erst einmal brauchen wir ein Geschenk für Malte. Hast du eine Idee?«

Lukas' Blick fiel auf Maltes Lederjacke, auf der Eismann es sich mal wieder, an einem Ärmel kauend, bequem gemacht hatte. Nina folgte seinem Blick. »Gute Idee«, sagte sie nur, denn sie wusste, dass sie und ihr kleiner Bruder das Gleiche dachten.

Am nächsten Tag um die Mittagszeit war alles vorbereitet. Auf dem Wohnzimmertisch brannten Kerzen, davor lag das Geschenk, und ein Riesenteller mit Frikadellen stand bereit. Kartoffelsalat gab es zwar keinen, aber dafür eine Schale mit Wackelpudding, die groß genug für alle war. Fehlte nur noch das Geburtstagskind.

Nichts ahnend kam Malte von der Uni nach Hause. Er hatte sich überlegt, seine Geschwister zum Essen einzuladen und seinen Geburtstag zumindest so ein wenig zu feiern. Die Stille im Haus überraschte ihn. Die beiden mussten längst aus der Schule zurück sein. »Keiner da?«, rief er und ging ins Wohnzimmer. Kurz zuvor hatten sie Wunderkerzen angezündet. Eismann, der nicht fehlen durfte, betrachtete fasziniert die sprühenden Funken. Und während die Kerzen abbrannten, sangen die beiden ihrem Bruder ein Ständchen. Gerührt nahm Malte danach die Glückwünsche entgegen, drückte Bruder und Schwester fest an sich.

»Ihr habt ja doch was gemacht«, sagte er.

»Ohne Feiern ist eben nicht«, lachte Lukas.

»Willst du nicht dein Geschenk aufmachen?«, fragte Nina. Malte riss das Papier auf. Seine Lederjacke kam zum Vorschein. Nina hatte sie beim Schnelldienst reinigen und ausbessern lassen, sodass sie fast wieder wie neu aussah. Allerdings richtete Eismann schon wieder begehrliche Blicke darauf.

»Mensch, da sind ja jede Menge Frikos«, rief Malte, nachdem er sich bedankt hatte, und nahm gleich eine der Frikadellen und biss herzhaft hinein.

»Und Wackelpudding gibt es auch«, fügte Nina hinzu.

»Nur leider keinen Kartoffelsalat«, ergänzte Lukas. Plötzlich läutete es an der Tür. »Habt ihr noch jemanden eingeladen?«, fragte Malte. Die beiden schüttelten den Kopf und sahen sich unschlüssig an. Gemeinsam gingen sie zum Eingang, um zu öffnen. Da stand Frau Puschke, mit einer Schüssel Kartoffelsalat in der Hand. »Lukas hat mir erzählt, dass es bei Ihnen immer Kartoffelsalat zum Geburtstag gab«, erklärte sie. Und dass das mit meinem Kartoffelsalat nichts wird?, fragte sich Lukas. Aber so sind Frauen manchmal. Sie wissen bestimmte Dinge einfach. Genau wie Mama.

»Den kann ich nur annehmen, wenn Sie mit uns essen«, sagte Malte zu der Lehrerin.

»Aber nur, wenn Lukas uns dazu aus seinem Deutschaufsatz vorliest«, versetzte Frau Puschke schlagfertig. Lukas schaute zu Boden und zuckte die Schultern. Seine Lehrerin lachte und wünschte noch einen schönen Tag. Und es wurde ein schöner Tag. Maltes erster Geburtstag nach dem Tod seiner Eltern. Es war nicht mehr wie früher. Aber es war auf neue Weise schön. Denn wenn die drei auch ihre Eltern verloren hatten, so fühlten sie sich doch immer noch wie eine Familie.

Sonnenfinsternis

Viola war nicht gerade eine Leuchte in Mathematik. Und Frick schien es zu genießen, das immer wieder vor der ganzen Klasse unter Beweis zu stellen. Er hatte einen Term von der Länge eines Bandwurmes an die Tafel geschrieben und verlangte nun von Vio die erste und zweite Ableitung von y. Sie wand sich unter der erdrückenden Last ihrer Unwissenheit. Ableitung – das hatte sie schon mal gehört, aber was Frick genau von ihr wollte, blieb ein Geheimnis für sie.

»Wir können uns diesen Affenzirkus auch sparen«, sagte Frick sarkastisch, nachdem Vio eine Weile herumgedruckst hatte. Er schlug sein schwarzes Notenbüchlein auf. »Du kommst von deiner Fünf sowieso nicht mehr herunter. Soll ich dir also eine Sechs eintragen, damit wir die Zeit sinnvoller nützen können?«

Nicht erst seit der Mathelehrer Nina wegen angeblichen Drogenbesitzes von der Schule verweisen wollte, empfand sie eine tiefe Abneigung gegen Frick. Seine antiquierte Lehrmethode, sein ätzender Sarkasmus, seine Heimtücke – all das hatte ihn Nina schon viel früher zutiefst unsympathisch gemacht. »Das ist ja wohl absolut zynisch!«, rief sie jetzt laut heraus. »Messen Sie Ihre Schüler nur nach Noten?«

Frick sah Nina herablassend an. Wonach sonst?, dachte er, sagte aber: »Nina Reetkoven! Ausgerechnet!«

»Viola hat das Recht, hier was zu lernen.«

»Sie hat die Pflicht«, setzte Frick dagegen. »Deshalb ist es nicht meine Aufgabe, den Lehrstoff in Geschenkpapier einzuschlagen. Das hier ist keine Spaßveranstaltung, Herrschaften. Aber wenn Viola wirklich so begierig ist, zu lernen, dann will ich ihrem Wissensdurst nicht im Wege stehen. Kommen Sie an die Tafel, Viola.«

Nina ballte die Fäuste. Frick war noch gemeiner, als sie angenommen hatte. Nun ließ er Vio dafür büßen, dass Nina für ihre Mitschülerin eingetreten war. Nachdem er deren Unwissenheit allen eindringlich vor Augen geführt und mit Spott nicht gespart hatte, schickte er Vio zurück auf ihren Platz.

Nach der Schule fing Nina Vio auf dem Schulhof ab, um sich bei ihr zu entschuldigen. Vio saß auf einer funkelnagelneuen Vespa. »Tut mir echt Leid«, sagte Nina. »Ich wollte dich nicht reinreiten.«

Vio zuckte nur die Schultern. Dass Frick sich auf ihre Kosten lustig gemacht hatte, nahm sie ihm zwar übel, aber trotzdem rechnete sie es Nina hoch an, sich überhaupt für sie eingesetzt zu haben. »Frick ist nun mal ein Penner«, sagte sie, »dafür kannst du ja nichts.«

Die beiden Mädchen sahen sich an. Vio gehörte zur Clique um Jacqueline, wenn auch nicht zum engeren Kreis. Trotzdem waren sie und Nina sich bisher aus dem Weg gegangen. Nun fanden sich beide plötzlich durch den Vorfall in der Mathematikstunde auf unerwartete Weise verbunden.

»Ich dachte immer, du seist eine Zicke«, sagte Vio.

»Gleichfalls«, entgegnete Nina, um dann einen langen Blick auf die Vespa zu werfen. »Ist die neu?«

Viola nickte. »Mein Vater musste die Stereoanlage meiner Mutter übertrumpfen.« Wie immer versteckte sie ihre Verletzungen hinter Humor und Ironie. Ihre Eltern veranstalteten in ihrem Ehekrieg wahre Materialschlachten um die Gunst ihrer Tochter. Sie schienen es jedoch nicht zu merken, dass ihre Tochter wahre Zuneigung brauchte.

Da sah Nina Malte mit dem Auto um die Ecke biegen. Wie versprochen holte er sie und Lukas von der Schule ab. »Wir sehen uns heute Nachmittag bei der Fete im Bootshaus«, sagte Nina und verabschiedete sich von Viola. Während sie zu ihrem Bruder ins Auto stieg, brauste Viola auf ihrer Vespa davon.

Nina fragte sich, ob sie und Vio wohl Freundinnen werden könnten. Sie hatte sich bisher nie um eine Freundschaft mit einem Mädchen aus der Klasse bemüht, weil ihr die

Interessen der meisten zu oberflächlich waren. Schicke Klamotten, Boy-Groups, Diskos – das war nun mal nicht ihre Welt. Vio war in dieser Hinsicht zwar wie die anderen, aber sie war wenigstens nett. Vor allem gefiel Nina ihre Unabhängigkeit. Vio machte, was sie wollte, der Zwist zwischen ihrer Eltern erleichterte das natürlich. Und so eine Vespa hätte Nina auch gerne gehabt. Dann müsste Malte sie nicht immer chauffieren.

»Was kostet eigentlich ein Vespa-Führerschein?«, fragte sie Malte, während sie auf Lukas warteten.

»Nicht gerade billig«, entgegnete er. Wenn Nina so was fragte, steckte meist mehr als nur reine Neugierde dahinter. »Auf jeden Fall mehr, als wir uns leisten können«, fügte er vorsorglich hinzu.

Endlich kam Lukas über den Schulhof geschlendert. Malte und Nina sahen ihn besorgt an. Irgendetwas stimmte nicht mit ihrem kleinen Bruder. Schon zweimal innerhalb weniger Wochen hatte der Rektor der Schule seinetwegen Malte einen Brief geschrieben, zuletzt weil er dabei erwischt worden war, wie er ein paar Fahrradreifen zerstochen hatte. Wortlos stieg Lukas ein, sagte auch die ganze Heimfahrt über nichts, sondern schaute nur mit leerem Blick aus dem Seitenfenster.

Zu Hause angekommen, zog er sich sofort in sein Zimmer zurück. In der Post lag schon wieder ein Brief von der Schule. Rektor Frick bat Malte als Erziehungsberechtigten zu einem Gespräch über Lukas, wegen dessen auffälligem Verhalten, wie es hieß. Malte rief sofort in der Schule an und vereinbarte für den folgenden Tag einen Termin. Dann wollte er sich Lukas selbst zur Brust nehmen, was nicht leicht werden würde, denn er kapselte sich in letzter Zeit immer mehr ab. Sein kleiner Bruder saß vor dem Fernseher in seinem Zimmer und spielte eines seiner Videospiele. Er tat so, als bemerke er Malte nicht, schoss ungerührt weiter Raumschiffe der anstürmenden außerirdischen Invasionsstreitmacht ab, bis Malte das Gerät kurzerhand abschaltete. Lukas maulte, aber Malte ignorierte das einfach.

»Was ist eigentlich mit dir los?«, fragte er.

»Nichts«, entgegnete Lukas störrisch. »Ich komme in die Pubertät. Das ist eben eine schwierige Phase.«

Wäre die Sache nicht so ernst gewesen, hätte Malte vermutlich über diese altkluge Bemerkung gelächelt. So aber verzog er keine Miene. »Du kannst dich nicht so aufführen. Mit dir stimmt doch was nicht. Rück schon raus damit!«

Lukas sprang auf und wandte sich ab. Er vergrub die Hände tief in den Hosentaschen, seine Haltung nahm die Form eines Fragezeichens an. Vermutlich wollte er lässig wirken, doch eigentlich sah er ratlos und verloren aus. »Du hast früher doch auch Stress in der Schule gehabt«, versuchte er abzulenken. »Was willst du eigentlich von mir?«

Da war sie wieder, die Wand, gegen die Malte nun schon seit Wochen anlief. Es gab kein Durchkommen. Er kapitulierte.

Kaum war Malte wieder aus dem Zimmer, ließ Lukas sich aufs Bett fallen. Seine Gedanken kreisten. Er holte ein paar Fotos aus der Nachttischschublade, die seine Mutter bei der Sonnenfinsternis vor ein paar Jahren aufgenommen hatte. Die ganze Familie war damals an die Elbe gefahren, um das Schauspiel, das in Hamburg nur als partielle Sonnenfinsternis zu sehen gewesen war, zu erleben. Damals waren sie noch eine richtige Familie gewesen. Und heute? Ehe der Schmerz übermächtig wurde, legte Lukas die Fotos zurück in die Schublade und holte ein Feuerzeug heraus. Er entzündete es und hielt die Hand darüber. »Eins – zwei – drei …«, zählte er. Bis fünfzehn hielt er durch, dann zog er mit schmerzverzerrtem Gesicht die Hand fort. Neuer Rekord, dachte er zufrieden.

Nina war nicht sicher, aber wenn die Anzeichen nicht trogen, hatte sie eine Freundin. Auf der Fete im Bootshaus hatte sich Vio jedenfalls die meiste Zeit mit ihr unterhalten. Nina hatte Kai völlig vernachlässigt und nicht mitbekommen, dass er sich schmollend in eine Ecke verzogen hatte.

Viola schwärmte von ihrem neuen Job bei einer Marketing-Agentur. In den nächsten Tagen wurde eine Werbekampagne für einen neuen Herrenduft gestartet. »Wäre das nicht auch was für dich?«, fragte sie Nina. »Die brauchen noch Leute. Und du bist doch hübsch«, fügte sie hinzu. »Du müsstest dich nur ein wenig zurechtmachen.«

Nina überhörte die letzte Bemerkung, war sonst aber ganz Ohr. Vielleicht konnte sie sich auf diese Weise zuerst das Geld für den Führerschein und später für einen Motorroller verdienen. »Was müsste ich denn tun?«, fragte sie.

»Es ist total easy«, erklärte Vio. »Du musst nur Parfümproben verteilen, das ist alles. Weißt du was? Ich stell dich morgen einfach Dominik vor. Er ist echt nett.«

Am nächsten Tag saß Nina mit Viola im Vorzimmer des Büros von diesem Dominik und wartete, dass er sich endlich Zeit für sie nähme. Nach einer geschlagenen halben Stunde öffnete sich endlich die Tür, ein geschniegelter junger Mann trat heraus und kam mit großer Geste auf Viola zu. Sie stellte ihm Nina vor. Er musterte sie mit einem raschen Blick und bat sie in sein Büro.

Dominik stellte einen Espresso vor Nina hin, dann setzte er sich hinter seinen gläsernen Designerschreibtisch, der so makellos sauber und ordentlich aussah, dass Nina sich fragte, ob hier wirklich gearbeitet wurde.

»Viola sagt, du hast Interesse für uns zu arbeiten«, begann er dann. »Was weißt du über unsere Company?«

»Ich soll Parfüm verteilen«, sagte Nina.

»Parfüm verteilen?« Dominik rümpfte die Nase. »Come on. Das ist nicht die richtige Einstellung, Nina. Wir verkaufen den ultimativen Duft für den Mann. *Sex in the Rain.* Wir arbeiten global, innovativ und flexibel. Ich erwarte absolute Professionalität von meinen Leuten.«

»Klar«, gab Nina zurück, »bin ich. Absolut professionell.«

»Und achtzehn bist du hoffentlich auch schon?«

Nina erschrak. Viola hatte nichts davon gesagt, dass man für diesen Job volljährig sein musste. Egal, dachte sie und sagte: »Logisch.«

Nina war froh, als sie Dominiks Büro wieder verlassen konnte. Sein Getue war ihr gewaltig auf die Nerven gegangen. Wie konnte Vio so jemanden nur sympathisch finden? Egal. Hauptsache, sie hatte den Job, auch wenn sie nicht genau wusste, worauf sie sich da eigentlich eingelassen hatte.

Mit dem guten Gefühl, einen wichtigen Schritt in die Erwachsenenwelt getan zu haben, fuhr Nina nach Hause. Schon als sie die Haustür aufschloss, hörte sie, dass drinnen das Telefon läutete. Offenbar war niemand zu Hause. Sie stürmte hinein und nahm ab. Die Schulsekretärin war am Apparat. Sie wirkte ungehalten. »Herr Frick wartet seit einer Viertelstunde auf Ihren Bruder«, sagte sie.

Merkwürdig, dachte Nina. Sollte Malte diesen wichtigen Termin vergessen haben? Das war nicht seine Art. Andererseits hatte er in letzter Zeit eine Menge um die Ohren. »Es kommt gleich jemand«, versprach Nina und legte auf. Wenig später radelte sie schon Richtung Schule.

Direktor Frick staunte nicht schlecht, als Nina in sein Büro trat, um mit ihm über Lukas zu sprechen. Zuerst glaubte er an einen Witz. »Was sollte ein Gespräch mit Ihnen bringen?«, fragte er brüsk. »Das hieße ja, ein Feuer mit Öl löschen zu wollen. Ich frage mich ohnedies, wieso ihr Vormund Dr. Steinweber in solchen Fragen nicht der erste Ansprechpartner ist.«

Ninas Augen blitzten angriffslustig. »Weil wir im Einverständnis mit ihm versuchen, Angelegenheiten dieser Art zuerst einmal unter uns zu regeln«, versetzte sie.

Frick verzog die Mundwinkel und weigerte sich, mit Nina Lukas' Schulprobleme zu erörtern, weil er ihr jegliche Kompetenz dafür absprach. »Dennoch ist dieses Gespräch erhellend für mich«, meinte er nur. »Kein Wunder, dass Lukas Schwierigkeiten hat. Ich werde mich direkt mit Herrn Dr. Steinweber in Verbindung setzen.«

Nina schluckte ihren Ärger hinunter und verließ das Rektorat. Sich mit Frick anzulegen, war reine Energieverschwendung. Viel wichtiger war die Frage, wo Malte steckte. Der kann sich auf was gefasst machen, dachte sie und fuhr nach Hause.

Als sie dort eintraf, war Malte immer noch nicht da. Nina saß wie auf heißen Kohlen. War ihm etwas zugestoßen? Unwahrscheinlich, denn dann hätte man sie längst benachrichtigt. Was konnte so wichtig sein, dass er darüber alles andere vergaß?

Es war schon acht Uhr abends. Nina hatte inzwischen ein Risotto gemacht, da tauchte Malte endlich auf. Seine Kleidung roch nach Rauch, seine Miene war schuldbewusst. »Ich weiß, ich weiß«, kam er Ninas Vorwürfen zuvor, »es tut mir Leid.«

»Was soll das heißen?«, wollte sie wissen.

»Ich hab's vergessen.«

Nina war sprachlos. Erst nachdem die drei gegessen hatten, kam Malte langsam mit seiner Geschichte heraus. Er hatte sich von ein paar Kommilitonen, die er kürzlich kennen gelernt hatte, überreden lassen, in ein Musikcafé mitzukommen, wo sie sich dann hoffnungslos verquatscht hatten. Als er dann auf die Uhr gesehen hatte, war es schon nach sieben gewesen.

Nur mit Murren akzeptierte Nina die Entschuldigung. »Der Frick rennt jetzt bestimmt zu Stein und erzählt, dass wir nichts auf die Reihe kriegen«, sagte sie.

»Ich rede mit Stein«, versuchte Malte sie zu beruhigen. »Mir wird er ja bestimmt eher glauben als Frick.«

Teilnahmslos, so als ginge ihn das alles gar nichts an, hatte Lukas während dieses Gesprächs dagesessen und in seinem Risotto herumgestochert. »Ist das jetzt durchgehechelt?«, fragte er nun genervt. »Ich hab keinen Hunger.« Noch während er das sagte, warf er seine Gabel hin und sprang auf.

»Gar nichts ist durchgehechelt«, versetzte Nina. »Du bleibst sitzen! Schließlich bist du der Grund für den ganzen Stress. Also raus mit der Sprache: Was ist los?«

Lukas machte einen Schritt zurück und wich den Blicken der beiden aus. Was hätte er ihnen sagen sollen? Malte und Nina hätten nie verstanden, was in ihm vorging. Für sie schien der Tod ihrer Eltern Vergangenheit zu sein. Sie hatten sich damit abgefunden. Das konnte er nicht. Nicht, solange er diese Leere in sich spürte, diese Leere, die alles in sich hineinsaugte und ihm das Gefühl gab, ein Teil von ihm sei ebenfalls gestorben.

Lukas stand mit dem Rücken zum Herd und spürte, wie von einer der Kochplatten die Hitze an ihm hoch kroch. Einem tief aus seinem Innern kommenden, unerklärlichen Drang folgend, legte er seine Hand auf die Platte. Im ersten Moment tat es gar nicht weh. Erst nach ein paar Sekunden. Er hätte schreien können. Aber er tat es nicht. Nur ein Seufzen entwich seinem Mund. Irgendwie tat der Schmerz gut. Wenigstens spürte er überhaupt etwas.

Nina und Malte erschraken. Sie redeten sich ein, es sei ein Versehen gewesen. Doch tief in ihrem Innern wussten sie, was sie gesehen hatten. Sie flüchteten sich in hektische Betriebsamkeit, sprangen vom Tisch auf und zu ihrem kleinen Bruder. Nina wollte die Verletzung mit einer Brandsalbe versorgen, doch Lukas zog seine Hand weg. »Halb so wild«, wiegelte er ab. Und weg war er.

Nina und Malte sahen sich ratlos an.

Nach diesem Vorfall erkannte Nina mehr denn je, wie sehr Lukas sie brauchte. Ausgerechnet jetzt hatte sie kaum Zeit für ihn, denn sie musste für das Parfüm *Sex in the Rain* werben. Die meisten der Männer, die sie in Cafés und Kneipen ansprach, schienen den Namen des Parfüms wörtlich zu nehmen, was angesichts des Outfits, in dem die Werbemädchen sich präsentieren mussten, nicht verwunderte. Kurze Röckchen, enge, bauchfreie Tops mit tiefen Dekolletees – da war eine Anmache vorprogrammiert.

Pech auch, dass Nina im *Traxx*, einem Musikcafé, ausgerechnet auf Malte stieß, der hier mit seinen neuen Kumpels einen mehr oder weniger anstrengenden Tag an der Uni mit einem Bier abschloss. Malte musste schon zweimal hinsehen, ehe er realisierte, dass das Mädchen, das in diesem

Aufzug jederzeit als Go-go-Girl hätte auftreten können, seine Schwester war.

Der Schreck war auch auf Ninas Seite. Als sich seine Schwester, nachdem er ihr von hinten auf die Schulter getippt hatte, umdrehte, sah sie ihn entgeistert an. »Was machst du denn hier?«, fragte er.

»Ich arbeite«, sagte Nina knapp.

»Und als was?«

Sie lächelte säuerlich. »Sehr witzig.«

»Zieh dir sofort was über«, verlangte Malte. »Und dann ab nach Hause.

Ninas Miene verhärtete sich. Er hatte ihr gar nichts zu sagen. Schließlich war er nur ihr Bruder. Ohne ihm weitere Beachtung zu schenken, wandte sie sich ab und ging an den nächsten Tisch, an dem eine muntere Runde junger Männer saß. »*Sex in the Rain*«, hörte Malte sie ihren immer gleichen Spruch aufsagen, »der neue Duft von Freiheit und Leidenschaft ...«

Malte entschied sich, seiner Schwester hier im Lokal keine Szene zu machen, und kehrte zurück zu seinen Kumpels. Erledigt war die Sache damit aber noch lange nicht.

Als Malte nach Hause kam, war Nina noch nicht da. Mit jeder Minute, die verstrich, wuchsen seine Angst und Sorgen. Als ob die Probleme mit Lukas nicht schon gereicht hätten. Musste Nina ausgerechnet jetzt solche Dinge tun?

Um kurz nach eins kam sie endlich. Malte hatte sich vorgenommen, nicht laut zu werden und sie schon gar nicht mit Vorwürfen zu bombardieren. Auf diese Weise erreichte man bei ihr nichts. Schweigend in den Fernseher starrend, wartete er ab, bis Nina ins Wohnzimmer kam und sich ans andere Ende der Couch setzte.

»Wie lange machst du den Job schon?«, fragte er schließlich.

»Heute zum ersten Mal«, entgegnete sie. »Ich bin total erledigt.«

Lange herrschte Schweigen zwischen den beiden, nur

aus dem Fernseher kamen Stimmen. Sie wirkten wie aus einer anderen Welt.

»Sag schon, was dein Problem ist«, verlangte Nina dann, denn sie spürte natürlich, dass Maltes Gelassenheit nur gespielt war, dass es in Wahrheit in seinem Innern brodelte.

»Findest du das gut, was du da machst?«, fragte er nun, eine Spur schärfer, vorwurfsvoller, während ein Flackern in seine Augen trat.

»Zehn Euro die Stunde finde ich gut«, wich Nina aus. »Ich will mein eigenes Geld haben, vielleicht den Vespa-Führerschein machen.«

»Dagegen ist ja auch nichts einzuwenden«, gab Malte zu. »Aber es geht nicht an, dass du bis tief in die Nacht halb nackt durch die Gegend rennst. Du bist erst sechzehn.« Er wartete einen Augenblick, fügte dann hinzu: »Papa hätte das nie erlaubt.«

Malte wusste, was die Furche, die zwischen Ninas Brauen entstanden war und sich nun vertiefte, zu bedeuten hatte. Ein Sturm würde gleich losbrechen. »Papa hätte auch nie Lukas' Sprechstunde vergessen«, gab sie zurück.

»Was rechtfertigt das denn? Wenn Fehler hier in Zukunft gegeneinander aufgerechnet werden, dann soll doch jeder machen, was er will. Nur für Lukas sehe ich dann schwarz.«

»Vielleicht wäre Lukas viel mehr geholfen«, versetzte sie lauter werdend, »wenn du dich vor ihm nicht immer als große Autorität aufspielen würdest, sondern mal ganz normal mit ihm sprichst.«

»Irgendjemand muss hier aber bestimmen, was richtig und falsch ist.«

Nina senkte traurig ihren Blick, hob ihn dann wieder und sagte: »Derjenige ist aber nicht mehr da, Malte. Deshalb muss es jeder von uns für sich selbst herausfinden. Und jetzt gute Nacht. Ich bin müde.«

Mit Beinen schwer wie Blei ging Nina in ihr Zimmer. Doch obwohl sie todmüde war, konnte sie lange nicht einschlafen. Maltes Einwände gegen ihren Job waren ja nicht unberechtigt, dachte sie. Wie ein Stück Fleisch hatte sie sich unter den lüsternen Blicken der Männer gefühlt. Dagegen hatte auch ihre Schlagfertigkeit sie nicht zu schützen vermocht. Sie fragte sich, wie Frauen, die täglich in solchen Klamotten herumliefen, mit dieser ständigen Entwürdigung fertig wurden. Hatten sie Hornhaut auf der Seele?

Für den nächsten Tag hatte Dominik eine Verteilaktion am Jungfernstieg angeordnet. Das Wetter war wie bestellt: Sonne, blauer Himmel, und ein leichtes Lüftchen kräuselte das Wasser der Binnenalster. Die Menschen waren gut drauf und offen für Kontakte.

Nina hatte sich entschlossen, ihr knappes Outfit nicht mehr anzuziehen, sondern in ihren eigenen Sachen zu erscheinen. Viola warnte sie. »Wenn Dominik das spitz kriegt, feuert er dich«, sagte sie. »Er macht öfter mal Kontrollfahrten.«

Nina zuckte nur die Schultern. Doch Violas Warnung war berechtigt. Sie arbeiteten gerade eine halbe Stunde, da tauchte Dominik auch schon auf. Als er Nina in ihrer normalen Kleidung erblickte, stürzte er sich auf sie wie ein Raubvogel auf seine Beute, packte sie unsanft am Arm und fuhr sie schroff an: »Wie treibst du dich denn rum? Das Outfit ist integraler Bestandteil der Kampagne.«

»Stinkt euer Zeug so sehr, dass ihr es nur mit Titten und Ärschen verkaufen könnt?«, gab Nina zornig zurück.

Dominik ließ sich auf keine Diskussionen ein. »Entweder du ziehst deine Klamotten an oder du verschwindest!«, schrie er. »Mit unprofessionellen Leuten arbeite ich nicht.«

Nina drückte ihm die Tasche mit den Proben und ihrer so genannten Berufskleidung in die Hand. Wortlos wandte sie sich ab und ging. Gestern hatte sie sich noch schmutzig und entwürdigt gefühlt. Heute hatte sie ihre Würde und ihren Stolz glänzend wiederhergestellt.

Malte kam über die Vorstellung, dass seine Schwester für einen Motorroller und einen Führerschein ihre Haut zu Markte trug, nicht hinweg. Dabei konnte er ihren Wunsch nach mehr Unabhängigkeit und Verantwortung nur zu gut verstehen. Mit sechzehn war sie kein kleines Kind mehr. Ein eigener motorisierter Untersatz war ein wichtiger Schritt ins Erwachsenenleben.

Es musste einen anderen Weg geben, Nina diesen Wunsch zu erfüllen. Hatte nicht einer seiner neuen Freunde gerade an jenem Abend, an dem Malte Nina im *Traxx* getroffen hatte, von lukrativen Börsengeschäften gesprochen? Angeblich ließe sich bei einer Neuemission von Aktien binnen Wochen, ja Tagen, das angelegte Geld verdoppeln.

Als Klaus von seinen Börsengeschäften erzählt hatte, hatte Malte fasziniert zugehört. Nun sah er einen Weg, wie sich die finanziellen Probleme auf einen Schlag lösen ließen. Nach kurzem Zaudern entschloss er sich, in das Geschäft einzusteigen. Seine Geschwister sollten nichts davon wissen, zum einen, weil er sie mit dem Gewinn überraschen wollte, vor allem aber, weil sie vermutlich dagegen gewesen wären.

Leider befand sich derzeit auf dem Familienkonto für Aktiengeschäfte kein ausreichender Betrag. Beherzt warf Malte seine gewohnte Vorsicht über Bord und entschloss sich, das Konto um zweitausend Euro zu überziehen. Im Vergleich zu dem satten Gewinn, den Klaus in Aussicht gestellt hatte, waren die paar Cent Überziehungszinsen ein Klacks.

»So ist es richtig«, sagte Klaus und strich das Geld ein. »Nicht kleckern, sondern klotzen. Das ist Siegermentalität.«

Komisch nur, dass Malte sich auf dem Nachhauseweg von der Uni nicht wie ein Sieger fühlte. Plötzlich kamen ihm Zweifel. Was, wenn das Geld verloren ging? Wie sollte er das Nina und Lukas erklären? Ach was, wird schon gut gehen, beschwichtigte er sich schließlich.

Zu Hause angekommen, fand Malte einen Anruf des Krankenhauses in Wandsbek auf dem Anrufbeantworter. Lukas hatte einen Unfall gehabt und war dort eingeliefert worden. Malte erschrak. Was hatte er denn jetzt wieder angestellt? Wenigstens hatte die Stimme auf dem Band nicht so ernst geklungen, dass man hätte annehmen müssen, es ginge um Leben und Tod.

Trotzdem zögerte Malte natürlich keine Sekunde und fuhr sofort nach Wandsbek, um zu sehen, was mit Lukas los war. Wie sich herausstellte, hatte er mit seinem Skateboard einen Zusammenstoß mit einem älteren Herren auf einem Fahrrad gehabt. Weder Lukas noch dem Mann war etwas Ernstes passiert.

»Ihr Bruchpilot hat Glück gehabt«, teilte ein junger Arzt mit. »Er hat nur eine leichte Gehirnerschütterung und gedehnte Bänder. Trotzdem möchten wir ihn über Nacht zur Beobachtung hier behalten.«

Als Malte in Lukas Zimmer kam, wirkte der Junge schon wieder recht munter. »Tut mir Leid, dass ich schon wieder Mist gebaut habe«, sagte er voller Reue.

»Hauptsache, dir ist nichts Schlimmeres passiert«, entgegnete Malte und fuhr ihm durch das Haar.

Malte war klar, dass etwas geschehen musste. Nur was? Die gesamte Rückfahrt vom Krankenhaus über zerbrach er sich den Kopf. Wenn er nur eine Ahnung gehabt hätte, was in Lukas vorging. Dass es mit dem Tod der Eltern zu tun hatte, war klar. Wieso aber verschloss er sich so sehr? Saßen sie nicht alle in einem Boot? Hatte nicht ausgerechnet Lukas darauf gepocht, dass sie zusammenblieben?

Wieder daheim angekommen, sah Malte sich in Lukas' Zimmer um. Vielleicht fand sich hier wenigstens ein Hinweis. Im Nachttisch fand er die Fotos von der Sonnenfinsternis 1999. Auch er erinnerte sich noch gut an diesen Tag an der Elbe. Es war einer der schönsten Tage gewesen, die die Familie je miteinander erlebt hatte. Erst vor kurzem hatte Malte wieder daran denken müssen, als er in der Zeitung von einer bevorstehenden partiellen Sonnenfinsternis gelesen hatte.

Malte hörte Nina nach Hause kommen. Er eilte nach unten und berichtete ihr nicht nur von Lukas' Unfall, sondern zeigte ihr auch die Fotos. »Glaubst du, das hat was mit seinem sonderbaren Verhalten zu tun?«, fragte er. »Bald ist eine partielle Sonnenfinsternis. Vielleicht hat das wieder einiges in ihm aufgewühlt.«

Nina wusste es nicht genau. Möglich war es. »Wir dürfen uns jetzt nicht mehr streiten«, sagte sie. »Lukas braucht uns.«

Malte nickte.

»Den Job hab ich übrigens hingeschmissen«, fügte sie hinzu. »Du hattest Recht. Das ist nichts für mich.«

Malte war froh, das zu hören. Noch glücklicher würde er aber sein, wenn er ihr in ein paar Tagen das Geld für ihren Führerschein präsentieren könnte.

Als Lukas am nächsten Tag wieder zu Hause war, ließ er sich nach Strich und Faden verwöhnen. Außerdem hatte er ein paar Tage schulfrei, denn er sollte das verletzte Bein so wenig wie möglich belasten. Sogar Steinweber kam vorbei, um ihn zu besuchen. Mehr als der Besuch freute den Jungen aber das Videospiel, das sein Vormund ihm mitbrachte. Nachdem er ihn damit allein gelassen hatte, ging Steinweber in die Küche, wo Malte in einer Börsenzeitschrift blätterte.

»Bist du unter die Spekulanten gegangen?«, fragte er.

Malte zuckte zusammen und klappte das Heft zu, so als sei er bei etwas Unerlaubtem erwischt worden. Er hatte Steinweber nicht hereinkommen gehört. Doch der gab der verlegenen Reaktion Maltes keine Bedeutung. Etwas anderes beschäftigte ihn.

»Hat dir Lukas erzählt, wie es zu dem Unfall kam?«, fragte er, nachdem er sich gesetzt hatte.

»Lukas hat erzählt, der Mann sei ihm reingefahren. Er hat ihn zu spät gesehen.«

Steinweber nickte. Genau das hatte Lukas ihm auch erzählt. Es passte allerdings nicht zu der Version, die die Polizei von dem Vorfall hatte. Sie hatte sich mit Steinweber als Lukas' Vormund in Verbindung gesetzt. »Zeugen wollen gesehen haben«, berichtete er nun, »dass Lukas mit geschlossenen Augen den Hang herabkam. Das bedeutet auf jeden Fall fahrlässige Körperverletzung.«

»Aber Lukas ist noch nicht strafmündig«, erwiderte Malte.

»Das Unfallopfer fordert Schmerzensgeld.« Steinweber rückte näher, Sorgen zeichneten sich in seinem Gesicht ab. »Das Geld ist nicht mein Problem. Aber mit geschlossenen Augen die Straße herabrasen, das ist doch nicht normal. Außerdem hat mich Lukas' Schule angerufen.«

Malte hob abwehrend die Hand. »Dieser Frick wieder«, sagte er nur genervt. Er atmete schwer. »Lukas macht eine schwierige Phase durch. Aber wir kriegen das in den Griff.«

Steinweber runzelte die Stirn. »Es gibt Internate mit sehr guter psychologischer Betreuung«, sagte er nur. Malte ließ ihn nicht weiterreden. »Wir können Lukas jetzt nicht wegschicken«, widersprach er. »Das würde alles nur noch schlimmer machen.« Damit war das Thema für ihn abgeschlossen.

Steinweber wollte nicht weiter nachbohren und verabschiedete sich. Er bewunderte die drei für das, was sie versuchten, auch wenn er nach wie vor große Zweifel am Gelingen dieses Projektes hatte.

Kaum war der Anwalt fort, nahm Malte wieder die Börsenzeitschrift zur Hand. Doch er konnte sich nicht auf die Berichte konzentrieren. Was Steinweber gesagt hatte, ging ihm nicht aus dem Kopf. Wieso fuhr Lukas mit geschlossenen Augen auf seinem Skateboard einen Hang hinab? Wieso legte er seine Hand auf die noch heiße Herdplatte? Malte fand, es sei an der Zeit, ein ernstes Wort mit Lukas zu reden.

Als Malte seinen kleinen Bruder mit dem Hergang des Unfalls und vielen Fragen konfrontierte, hüllte dieser sich zunächst in Schweigen und wich seinen fordernden Blicken aus. Schließlich sagte er mit einem Schulterzucken: »Es war halt Spaß.«

»Spaß?«, fuhr Malte auf. »Der Mann liegt im Krankenhaus. Und dir hätte auch weiß Gott was passieren können.«

»Mama hat mich nie angeschrien, wenn ich krank war«, gab Lukas aufgebracht zurück.

»Mama hätte dir den Hintern versohlt! Und jetzt reiß dich endlich mal zusammen. Es ist für uns alle schwer genug.«

Lukas drehte sich um und wandte Malte den Rücken zu. Er war den Tränen nahe, wollte ihm das aber unter keinen Umständen zeigen.

»Versteh mich doch auch«, sagte Malte schließlich weniger streng. »Ich mach mir Sorgen um dich.« Dann ließ er ihn allein. Er war gleich mit seinen Freunden im *Traxx* verabredet. Zahltag.

Kaum war Malte fort, da kullerte eine Träne über Lukas' Wange. Als ob er nicht gewusst hätte, dass Malte sich um ihn sorgte. Er wusste manchmal ja selbst nicht, warum er sich so benahm. Es war einfach nur wegen dieser Leere, dieser Gefühllosigkeit. Wie sollte er all das jemandem erklären, wo er es selbst doch kaum verstand?

Fassungslos starrte Nina auf den Kontoauszug. Zweitausend Euro Miese! Wie war das möglich? Zuletzt hatten sie noch fast dreitausend Euro plus gehabt. Was hatte Malte mit dem ganzen Geld gemacht? Wieso unterstand er sich überhaupt, das Konto leer zu räumen, ohne auch nur ein Sterbenswörtchen davon zu sagen? Der konnte sich auf was gefasst machen!

Bedrückt kam Malte eine Stunde später nach Hause. Eben hatte er von Klaus erfahren, dass ein Großteil des Geldes verloren war. Klaus' Bedauern nutzte da wenig. Natürlich hätte Malte es sich leicht machen und Klaus die Schuld geben können. Aber er wusste, dass es ganz allein seine Verantwortung war. Er hatte die Risiken gekannt, sie aber einfach nicht sehen wollen.

Nina empfing ihn mit finsterer Miene. Wortlos hielt sie ihm den Kontoauszug hin. Malte spürte, wie sich etwas in seinem Bauch verknotete. Stockend erzählte er von seiner missglückten Börsenspekulation. Nina interessierte sich nicht für Details. Sie wollte nur eines wissen: »Wie viel hast du verloren?«

»Viertausend Euro«, kam es raukehlig. »Ich wollte, dass wir uns ein bisschen mehr leisten können und dass du deinen Führerschein machen kannst.«

»Und jetzt muss ich mein Fahrrad verpfänden«, gab Nina sarkastisch zurück. »Aber wirklich übel nehme ich dir was anderes: dass du hinter unserem Rücken das gesamte Geld aufs Spiel gesetzt hast. Veruntreuung nennt man so was. Du musst zu Stein gehen, damit er etwas von unseren Reserven rausrückt, sonst kommen wir von den Schulden nicht mehr herunter.«

So sehr Malte sich dagegen sträubte, letztlich blieb ihm nichts anderes übrig als der Offenbarungseid vor Steinweber, der für ihn einen totalen Gesichtsverlust bedeutete.

Zerknirscht ging er noch am selben Tag in die Anwaltskanzlei, um die Sache so schnell wie möglich hinter sich zu bringen. Schonungslos bekannte er sich zu seinem Leichtsinn und seiner Schuld. Steinweber hörte ihm ruhig zu. Nachdem Malte zu Ende gesprochen hatte, meinte er ruhig: »Mit Ruhm hast du dich da wirklich nicht bekleckert. Aber bei allem, was du auf dich nimmst, sei dir dieser Ausrutscher verziehen. Ich werde den Verlust mit euren Rücklagen ausgleichen.«

Malte atmete auf. Er bedankte sich und wollte schon gehen, doch der Anwalt deutete ihm mit einer Geste an zu bleiben. »Dieser Frick hat noch einmal angerufen. Er meint, wir sollten Lukas' Fehltage nutzen, um ihn von der Schule zu nehmen. Nach seiner Genesung könne er sofort auf ein Internat gehen.«

Ratlos sah Malte Steinweber an. Er wusste nicht mehr, was richtig war. Im Moment traute er seiner eigenen Intuition nicht mehr. »Was würdest du tun?«, fragte er.

»Nach allem, was passiert ist, würde ich kein Risiko mehr eingehen.«

Nachdenklich verließ Malte die Anwaltskanzlei. Mit Nina hatte er es sich durch sein eigenmächtiges Handeln schon verdorben. Wenn er nun auch noch Lukas ins Internat schickte, würde sein kleiner Bruder ihn hassen. Manchmal macht man sich eben unbeliebt, wenn man seiner Verantwortung gerecht zu werden versucht, sagte eine Stimme in seinem Innern.

Bei Nina stieß der Vorschlag, den Malte seinen Geschwistern beim Abendessen machte, allerdings auf taube Ohren. »Dieser Frick ist ein Vollidiot«, sagte sie nur. »Ich dachte, die Internatsfrage wäre ein für allemal durch.« Sie warf ihr Besteck hin und schob den nur zur Hälfte geleerten Teller von sich weg. Offenbar war ihr der Appetit vergangen.

»Wieso sagst du nicht einfach, dass du mich loswerden willst«, meinte Lukas beleidigt.

»Wieso mach ich mich hier eigentlich zum Affen!«, brauste Malte auf. »Mach ruhig so weiter, Lukas. Zerstich Reifen, kassiere Verweise und fahr alte Leute um. Irgendwann kommt das Jugendamt von ganz allein.«

»Halt dich zurück, Malte!« Nina wollte für den sichtlich erschrockenen Lukas in die Bresche springen. »Lukas hatte einen Unfall und kann nichts dafür.«

»So? Vielleicht erzählst du ihr mal von deinem Blindflug, Lukas. Na komm, erzähl schon!«

Lukas nahm seine Krücken und stand umständlich auf. »Ich geh auf mein Zimmer«, sagte er nur und humpelte davon.

Malte schlug mit der Faust auf den Tisch. »Na klasse!«

Nina schüttelte nur den Kopf und verschwand ebenfalls. Sie verstand Malte einfach nicht mehr. Wieso griff er Lukas an, wenn er ihm helfen wollte? Aber noch etwas anderes verfolgte sie. Was hatte er mit »Blindflug« gemeint?

Nach einer Weile klopfte sie an Lukas' Tür. Ihr kleiner Bruder saß auf dem Bett und spielte das Videospiel, das Steinweber ihm geschenkt hatte. Nina setzte sich zu ihm und nahm ihm die Spielkonsole aus der Hand. »Was hat Malte vorhin gemeint?«, fragte sie.

Lukas schwieg lange und schaute nur vor sich hin. Schließlich sagte er, ohne aufzublicken: »Vor ein paar Wochen habe ich die Hand über ein Feuerzeug gehalten und mitgezählt, wie lange ich es aushalte. Dann hab ich mir vorgestellt, dass Papa und Mama für jede Sekunde ein Jahr länger leben würden. Und so hab ich es dann mit allem gemacht: mit den Fahrradreifen ... mit Sekunden, die ich mit geschlossenen Augen auf dem Skateboard gefahren bin ...«

Nina bekam eine Gänsehaut. Sie war schockiert von der Verzweiflung ihres Bruders. Auch sie kannte dieses Gefühl der Hilflosigkeit, des Alleingelassenseins. Aber man durfte dieser Kraft, die einen in die Tiefe ziehen wollte, nicht nachgeben, sonst war man verloren.

Nina drückte Lukas an sich. »Du darfst das nie mehr machen, Lukas«, sagte sie. »Versprich es mir. Glaubst du, wir wüssten nicht, was in dir vorgeht? Wir machen alle doch dasselbe durch. Deshalb dürfen wir uns nicht voreinander verschließen.«

Lukas löste sich aus der Umarmung. Er fühlte sich leichter. Doch schon im nächsten Moment griff die Angst wieder nach ihm. »Was ist, wenn ich aufs Internat muss? Dann bin ich ganz allein. Malte will mich loswerden ... der Arsch.«

»Das ist nicht wahr«, widersprach Nina. »Malte liebt dich. Und er wird dich nicht aufs Internat schicken. Er ist eben nur manchmal ratlos, und dann sagt er solche Dinge. Das dürfen wir ihm nicht übel nehmen.« Und auch nicht die Dummheiten, die er dabei macht, fügte sie in Gedanken hinzu und verzieh ihm im gleichen Atemzug.

Zerknirscht saß Malte in seinem Zimmer. Er hatte lange mit Pat telefoniert und wie immer hatte sie die richtigen Worte gefunden und ihn wieder aufgebaut. »Du darfst auch Fehler machen«, hatte sie gesagt. »Niemand tut immer das Richtige, schon gar nicht, wenn er erst dreiundzwanzig ist und die Verantwortung für zwei Teenager übernommen hat.« Er wünschte, sie wäre bei ihm gewesen. Er sehnte sich so sehr nach ihrer Umarmung.

Aber auch so kam er wieder aus dem Tief, in dem er sich befand, heraus. Seine Zweifel zerstreuten sich wie Nebel, er sah seinen Weg wieder in hellerem Licht vor sich. Er rief Steinweber an und teilte ihm mit, dass Lukas nicht ins Internat geschickt werde. Der Anwalt versuchte nicht, ihn davon abzubringen und versprach, die Sache mit Frick zu regeln. Später fuhren die drei hinaus an die Elbe, um die partielle Sonnenfinsternis zu beobachten, genau an die Stelle, an der sie mit ihren Eltern gewesen waren. Malte hatte sich zuerst gefragt, ob es richtig sei. Vielleicht kämen durch diesen Ausflug nur noch mehr Erinnerungen in Lukas hoch. Schließlich hatte er sich entschlossen, es zu wagen. Wenn es einen Ort gab, an dem Lukas erleben konnte, dass das Leben weiterging und dass sie noch immer eine Familie waren, dann an diesem. Die Sonne mochte sich verfinstern, doch am Ende kam sie immer wieder hervor.

Traumtyp

Ausgerechnet Karin! Oder vielleicht Gott sei Dank? Karin war ein dralles Mädchen, eigentlich sogar etwas mehr als nur drall, trotzdem nicht ohne Reize. Und dennoch nicht der Typ Frau, der Malte ernsthaft in Versuchung hätte führen können. Zumindest nicht in nüchternem Zustand. Aber nach dem dritten Glas Wein und dem vierten Grappa im *Traxx* hatte er die Kontrolle über seinen Hormonhaushalt verloren und die Dinge hatten ihren Lauf genommen.

Reumütig war Malte am Morgen aus Karins Bett gekrochen, hatte dem halb wachen Mädchen einen knappen Abschied hingemurmelt und sich dann aus dem Staub gemacht. Nun stand er zu Hause verloren vor der Küchenuhr und betrachtete ihre endlos langsam dahinkriechenden Zeiger. Neun Uhr. Drei Uhr morgens in Boston. Pat war bestimmt noch in ahnungslosem Schlummer. Malte verschlimmerte seine Qual noch, indem er dazu überging, sich wieder und wieder ihren letzten Videobrief anzusehen. Wie hatte er nur eine so wundervolle Frau betrügen können? Die Last des schlechten Gewissens wurde so erdrückend, dass Malte, obwohl es an der amerikanischen Ostküste tiefste Nacht war, Pats Nummer wählte, um ihr seinen Fehltritt zu beichten. Doch als er ihre verschlafene Stimme hörte, brachte er es nicht über sich. Was, wenn sie mit ihm Schluss machen würde? Das hätte er nicht überlebt. Also schwieg er und erging sich stattdessen in Liebesgeflüster, das aufrichtiger nicht hätte sein können und das ihm dennoch irgendwie auch verlogen vorkam. Malte entschloss sich, mit seinem Geheimnis zu leben, zumindest vorerst.

Nachdem er sich lange mit seinen Gedanken und Schuldgefühlen gequält hatte, übermannte ihn die Müdigkeit, er nickte auf dem Sofa ein. Als er wieder erwachte, brauchte er ein paar Minuten, um sich zurechtzufinden und die letzten Traumfetzen von der Realität zu unterscheiden. Es war schon Mittag. Nina und Lukas konnten jederzeit aus der Schule kommen. Und er hatte um eins eine Vorlesung.

Da drangen vom Garten Stimmen herein. Eine davon war Lukas'. Und die andere? Er hörte eine Mädchenstimme, zweifellos, aber Ninas war es nicht.

Malte ging ans Fenster. Sein kleiner Bruder stand am Gartentor und redete mit einem fremden Mädchen. Merkwürdig. Seit wann waren sie für ihn nicht mehr doof? Hatte er irgendwas verpasst? Malte schwante Schlimmes.

Schlagartig wurde ihm klar, wieso Lukas in letzter Zeit so gut drauf war. Keine Spur mehr von seiner Niedergeschlagenheit. Es war die Liebe, die ihm Flügel verliehen hatte. Doch wer sich von Amors Flügeln tragen lassen wollte, fand Malte, der musste auch fliegen können.

Lukas war kaum hereingekommen, da stellte Malte ihn schon zur Rede, wollte wissen, wer das Mädchen gewesen sei. Lukas zeigte sich erstaunlich gesprächig. »Sie ist meine Freundin«, sagte er unumwunden und beantwortete Maltes Frage doch nur zum Teil, denn es gab solche und solche Freundinnen.

»Was machst du denn so mit deiner Freundin?«, hakte Malte deshalb nach, vermied es dabei, zu direkt zu werden, teils weil ihm das Ganze peinlich war, teils weil er keine schlafenden Hunde wecken wollte.

Eine klare Antwort bekam Malte von Lukas nicht. »Wenn du mit dreiundzwanzig noch nicht weißt, was man mit einer Freundin anstellt«, versetzte Lukas cool – ein wenig zu cool vielleicht –, »dann ist dir nicht zu helfen.«

Malte fand das überhaupt nicht komisch. Lukas war erst dreizehn und damit viel zu jung für eine Freundin. Zumindest für die körperliche Seite einer Beziehung. Er selbst war bei seinem ersten Mal schließlich schon zwanzig gewesen. Pat war die erste und einzige Frau, mit der er diese Erfahrung teilte. Zumindest bis letzte Nacht. Noch heute fand er, dass es richtig gewesen war, so lange zu warten, denn es kam nicht darauf an, wann man mit jemandem intim wurde, sondern mit wem.

Noch auf dem Weg zur Uni hing Malte diesen Gedanken nach. Die letzte Nacht hatte vieles verändert. Seine hehren Ideale hatten einen Kratzer bekommen. Er hatte mit Karin geschlafen, ohne sie zu lieben. Sie war nicht einmal sein Typ. Trotzdem war es schön gewesen. Nicht so wie mit Pat, aber trotzdem schön. Dafür schämte er sich am allermeisten.

Irgendwie hatte Malte völlig verdrängt, dass er Karin wieder begegnen würde. Wie würde sie sich verhalten? Wie sollte er sich verhalten? War das Ganze für sie wichtiger als für ihn? Davor hatte er Angst.

Karin schien es locker zu nehmen. Sie liefen sich in der Uni-Cafeteria, wo Malte und sein Studienkollege René für Tee und Gebäck anstanden, über den Weg. Eigentlich war sie wie immer. Malte dagegen fühlte sich unwohl und befangen. Karin fragte ihn nur, ob er auch solche Kopfschmerzen habe. Dann verschwand sie mit einem Becher Kaffee in ihr Seminar. Noch mal davongekommen, dachte Malte.

René gab ihm einen kameradschaftlichen Schlag in die Rippen. »Du alter Schwerenöter, du«, lachte er. »Wusste gar nicht, dass du auf Rubensformen stehst.«

»Hör bloß auf.«

Gemeinsam schlenderten die beiden Studenten zum Hörsaal. Doch Malte hatte heute keinen Sinn für staubtrockene Paragrafen. Geistesabwesend zeichnete er die ganze Zeit Blumenornamente auf seinen Kollegblock, dachte dabei an Karin, an Lukas und seine Freundin, und immer wieder an Pat. Zwischendurch fragte er sich, ob Nina wohl noch Jungfrau war. Heutzutage galten Mädchen, die mit sechzehn noch keine intimen Erfahrungen hatten, ja schon als Spätzünder.

Wieder von der Uni zurück, lief Malte, getrieben von seinem schlechten Gewissen und vielen unerwartet aufgeworfenen Fragen, ziellos durchs Haus. Als Nina von der Schule kam, merkte sie sofort, dass etwas mit ihm nicht stimmte. Sie kam nicht dazu, nachzufragen, denn Lukas kam mit seiner Freundin herein. Er nutzte die Gelegenheit, sie seinen Geschwistern vorzustellen. Sie hieß Lisa. Und sie war ziemlich gut entwickelt für ihr Alter, fand Malte.

Als wäre es die größte Selbstverständlichkeit der Welt, verschwand Lukas mit Lisa in seinem Zimmer.

»Die haben die Tür zugemacht«, stellte Malte besorgt fest. »Gibt es da nicht eine Regel?«

»Was für eine Regel?«, fragte Nina.

»Dass Jungen und Mädchen in diesem Alter die Tür offen lassen und mit mindestens einem Bein auf dem Boden bleiben müssen.«

Nina sah ihn erstaunt an. Von so einer Regel hatte sie in ihrem ganzen Leben noch nichts gehört. »Haben Papa und Mama das etwa bei dir so gehalten?«, fragte sie.

»Nein. Bei dir?«

»Auch nicht.«

Schade, fand Malte. Jedenfalls hätte er diese Regel jetzt, da sie ihn nicht mehr betraf, gerne eingeführt.

Nina setzte sich vor den Fernseher und blätterte in einer Zeitschrift, während Malte unruhig zwischen Küche, Flur und Wohnzimmer hin und her lief. Immer wieder blickte Nina auf, sah ihn ratlos an und las weiter.

»Ich geh jetzt mal nach oben und sehe nach Lukas und Lisa«, erklärte Malte schließlich. »Die beiden müssen spüren, dass sie unter Aufsicht stehen. Es gilt, eine gewisse autoritäre Präsenz zu zeigen.«

Nina fand das absolut lächerlich, tat aber nichts, um ihn zurückzuhalten. Er war ohnehin schon draußen. Malte hielt vor Lukas' Zimmer einen Moment inne. Keine verdächtigen Geräusche von drinnen. Auch keine verdächtige Stille. Nur das elektronische Rumsen und Fiepen eines Videospiels.

Malte atmete auf. Gott sei Dank, noch nichts passiert, dachte er, klopfte und trat sogleich ein.

Völlig gebannt von ihrem Spiel, saßen die beiden vor dem Fernseher. »Ihr habt doch bestimmt Hunger«, sagte Malte.

Lukas sah sich genervt nach seinem Bruder um. Er wusste natürlich genau, warum Malte hereingekommen war. Hinter Lisas Rücken deutete er mit einer Geste an, dass er verduften sollte. Zunächst reagierte Malte nicht darauf. Doch als ihm die Vorwände ausgingen, die ein längeres Bleiben gerechtfertigt hätten, ließ er die beiden allein.

»Mein Bruder ist manchmal eine schreckliche Nervensäge«, sagte Lukas. Lisa war da anderer Ansicht. »Ich finde ihn süß.« Lukas fragte sich, wieso sie Malte so komisch hinterhergesehen hatte. Jedenfalls hatte er nicht vor, sich von Malte noch mal stören zu lassen. Deshalb drehte er einfach den Schlüssel um.

Malte sank neben Nina aufs Sofa. Sie ließ sich beim Lesen ihrer Zeitschrift nicht stören. Er betrachtete seine Schwester und sah sie plötzlich mit neuen Augen. Aus dem kleinen Mädchen war längst eine junge Frau geworden. Oder vielleicht ein Kind im Körper einer Frau, wie man es oft in diesem Alter findet, diesem seltsamen Zwischenstadium zwischen etwas Gewesenem und etwas, das erst im Entstehen ist.

»Wir müssen miteinander reden«, sagte Malte. Ein beinahe feierlicher Ernst hatte sich in seine Stimme geschlichen, obwohl das Ganze ihm gleichzeitig furchtbar peinlich war. »Du bist ja mittlerweile auch in ein gewisses Alter gekommen ...«

Nina blickte auf. »Welches Alter?«

Malte räusperte sich, setzte neu an: »Ich habe viel von deiner ...«, er schluckte, »Entwicklung nicht mitbekommen, weil ich in Amerika war. Deshalb haben wir nie über dieses Thema gesprochen. Ist vielleicht auch schwierig ... bruder-schwester-technisch ...«

Sie legte ihre Zeitschrift weg. »Malte, ich bin fast erwachsen. Ich weiß Bescheid. Du kannst mit mir über Sex reden.«

Ihre Mutter hatte ihr schon vor langer Zeit alles gesagt, was sie wissen musste.

Erleichtert atmete Malte auf. »Die Sache mit Lukas und Lisa … weiß er über die ganzen Sachen Bescheid? Ist er, äh … aufgeklärt?«

Nina zuckte die Schultern. »Er müsste schon blind und taub durch die Welt rennen, um nicht aufgeklärt zu sein.«

»Aber sicher bist du nicht.«

»Frag ihn doch einfach.«

»Das kann man nicht einfach zwischen Tür und Angel abhaken«, wandte Malte ein. »Aufgeklärt zu werden ist eine Art Ritual, das gehört zum Erwachsenwerden dazu.«

Malte erinnerte sich, wie sein Vater ihn aufgeklärt hatte. Vor diesem Gespräch hatte er sich wie ein Kind gefühlt, danach wie ein Mann. Dass zum Mannsein noch sehr viel mehr gehörte, hatte er erst später erfahren. Diese Lektion ist dem Leben selbst vorbehalten.

»Und jetzt denkst du, es wäre deine Aufgabe?«

»Ich bin der einzige Mann im Haus.«

Nina fand das rührend und ergreifend. Auch wenn sie nicht das Gefühl hatte, dass Lukas eine solche Unterrichtsstunde gebraucht hätte.

»Du kannst ja mal mit Lukas reden«, sagte sie.

Malte erhob sich, um nach oben zu gehen und Lukas und Lisa noch einmal zu zeigen, dass sie nicht allein waren. Er war schon an der Tür, als Nina ihn zurückhielt. »Ich finde es gut, dass wir darüber gesprochen haben«, sagte sie, »rein bruder-schwester-technisch, meine ich.«

Malte lächelte. »Finde ich auch«, sagte er.

In Windeseile hatte das Gerücht an der ganzen Schule die Runde gemacht. Nina war die Letzte, die es hörte. Doch schon als sie von den Fahrradständern zum Eingang gegangen war, waren ihr die seltsamen Blicke mancher ihrer Mitschüler aufgefallen. Es wurde getuschelt und manche zeigten verstohlen auf sie. Vio ließ die Bombe dann platzen. Nina hatte gerade erst das Klassenzimmer betreten, da stürmte ihre neue Freundin auf sie zu, knuffte sie in die Seite und sagte: »Da bist du ja, du Luder. Wieso hast du mir nichts davon erzählt? Wir sind doch Freundinnen.«

Verdutzt sah Nina sie an. »Keine Ahnung, wovon du sprichst«, sagte sie, während die anderen Mädchen ihre Ohren spitzten.

»Tu bloß nicht so«, entgegnete Viola. »Das weiß inzwischen jeder, dass du und Olli …« Sie zwinkerte ihr komplizenhaft zu. »War's wenigstens schön?«

Nina knallte ihre Schultasche auf den Tisch. Während sie sich fragte, von welchem Olli überhaupt die Rede war, lief sie rot wie eine Tomate an, was ihre Mitschülerinnen natürlich als einen weiteren Beweis für die Richtigkeit des Gerüchtes nahmen.

Nina erinnerte sich dunkel, dass sie vor einigen Tagen auf dem Basketballplatz mit einem Olli aus der Oberstufe ein paar Worte gewechselt hatte. Mehr war nicht gewesen, er hatte sie nicht einmal auf ein Eis eingeladen oder nach Hause begleitet. Wie kam er dazu, eine derartige Lüge in die Welt zu setzen? Er als Latinlover hätte locker die Hälfte ihrer Klassenkameradinnen rumgekriegt.

Gleich in der Pause knöpfte sich Nina Olli vor. Er stand bei seinen Kumpels, unter denen er zweifellos der Wortführer war. Portionsweise verteilte er sein übergroßes Wissen und seine Lebenserfahrung unter ihnen. Er begrüßte Nina mit einem überheblichen Grinsen. Auch Ollis Kumpel lächelten wissend und zerstreuten sich.

»Wie kommst du dazu, so was herumzuerzählen?«, fuhr Nina Olli ziemlich ungehalten an. Da er sich ahnungslos gab, wurde sie konkreter: »Die ganze Schule glaubt, ich hätte mit dir geschlafen.«

»Ach das«, sagte er und machte eine abfällige Handbewegung. »Das kommt nicht von mir. Es ist mir selbst peinlich. Keine Ahnung, wer sich so was ausdenkt. Aber du weißt ja, wie das ist. Die Leute reden nun mal, dagegen ist man machtlos.« Er zuckte die Schultern.

Verärgert ließ Nina ihn stehen. So leicht wie Olli konnte

sie die Sache nicht nehmen. Sie wollte nicht, dass Lügen über sie erzählt wurden, egal, ob die Leute sie nun beneideten, was einige der Mädchen, ihren Blicken und ihrem Getuschel nach zu schließen, auch wirklich taten, oder nicht.

Und Kai benahm sich auch reichlich komisch. Wenn sie nicht zu ihm hinüberschaute, schien er sie zu beobachten, aber sobald sie den Blick erwidern wollte, wandte er sich ab. Ganz abgesehen davon, dass er ihr in den Pausen aus dem Weg ging. Auch nach der Schule wartete er nicht wie üblich auf sie, um gemeinsam mit ihr nach Hause zu fahren.

Natürlich ahnte Nina den Grund für sein Verhalten und sie wollte ihm auf jeden Fall sagen, dass an dem Gerücht absolut nichts dran war. So ging sie am Nachmittag in den Proberaum seiner Band.

Kai war allein. Als Nina eintrat, blickte er nur kurz auf und zupfte dann weiter auf seiner Gitarre herum. Nina hörte eine Weile zu und sagte dann: »Kann es sein, dass du mir aus dem Weg gehst?«

Er schüttelte den Kopf. »Quatsch.« Wieder entstand eine lange Pause, in der er ein paar dissonante Akkorde anschlug. »Ich hab das mit Olli gehört. Ist ja echt abgefahren.«

»Fang bloß nicht auch noch davon an«, versetzte Nina ärgerlich.

»Das muss dir doch nicht peinlich sein. Olli ist ein Traumtyp.« Nicht so eine farblose Erscheinung wie ich, fügte er in Gedanken hinzu.

Nina stellte sich vor ihn hin und stemmte die Arme in die Seiten. »Damit das klar ist: Ich hab nicht mit Olli geschlafen.«

»Ist ja okay«, wehrte Kai ab, »mir musst du nichts erklären. Wenn du das sagst, glaub ich dir das natürlich. Die anderen werden das allerdings nicht tun. Wieso spielst du das Spielchen also nicht einfach mit? Wenigstens kannst du dann allen beweisen, dass du keine Trockenblume bist.«

Obwohl es eine gewaltige Erleichterung für ihn bedeutete, dass das Gerücht nicht stimmte, war Kais Lockerheit gespielt. Ehrlich gemeint war dagegen seine Absicht, Nina mit der letzten Bemerkung zu verletzen. Schon die Vorstellung, Nina könne mit einem anderen etwas anfangen, während sie ihn als Mann einfach nicht zur Kenntnis nehmen wollte, beleidigte ihn.

»Trockenblume?«, fuhr Nina gekränkt und erbost auf. »Wer hat mich so genannt?«

»Na, alle eben.«

»Du auch?«

Kai lächelte, zum ersten Mal seit diesem Gespräch. »Ich finde dich süß, abgesehen von deinem schlechten Charakter.«

Das konnte Nina jetzt auch nicht mehr trösten. Und für Scherz und Ironie hatte sie im Moment schon gar nichts übrig. Trockenblume! – So wurde sie also von allen genannt, nur weil sie sich nicht gierig auf die Männer stürzte, sondern sich die Zeit nahm, auf den richtigen Mann und den passenden Zeitpunkt dafür zu warten.

Ohne ein Wort des Abschieds eilte Nina aus dem Probenraum. Sie hatte genug von Männern, Beziehungen, echtem und erfundenem Sex. Es dauerte eine Weile, bis ihre Aufregung sich legte. Na schön, dachte sie am Ende, meine Jungfräulichkeit bin ich mit diesem Olli nicht losgeworden, aber wenigstens einen scheußlichen Spottnamen.

Zu Hause angekommen, schob sie ihr Fahrrad in den Vorgarten. Da bemerkte sie die mollige junge Frau an der Haustür. Offenbar hatte sie vergebens geläutet und wollte gerade wieder gehen. Sie stellte sich als Karin vor und wollte zu Malte.

»Er müsste jeden Moment kommen«, sagte Nina. »Wenn du möchtest, kannst du drinnen warten.«

Karin kam sich verloren vor, wie sie so allein auf dem Sofa saß und mit bangen Gefühlen auf Malte wartete. Die Nacht mit ihm war für sie ein unvergessliches Erlebnis gewesen. Sie wusste zwar, dass Malte eine Freundin in Amerika hatte. Aber Amerika war weit. Und manchmal nahm eine neue Liebe eben auf bestehende Beziehungen keine

Rücksicht. Sie war ja gleichfalls nicht ungebunden, auch wenn sie Malte das noch verschwiegen hatte.

Wenig später kam Malte nach Hause. Er staunte nicht schlecht, Karin unverhofft im Wohnzimmer zu sehen. Auch wenn er ein wenig Zeit brauchte, um sich auf diese Situation einzustellen, eins begriff er sofort: Ihr Besuch konnte nichts Gutes bedeuten. Und obwohl sie sich auch jetzt den Anschein gab, dass sie das, was zwischen ihnen passiert war, nicht ganz so ernst nahm, traute Malte dem Frieden nicht. Ihr Besuch, ihr nervöses Gezupfe an ihren Ärmeln, die Brüchigkeit in ihrer Stimme ließen auf etwas anderes schließen. Und bald schon sprach sie immer offener aus, wie viel sie für ihn empfand.

»Was zwischen uns passiert ist, war ein Fehler«, erklärte Malte mit grausamer Ehrlichkeit. »Wir hatten zu viel getrunken. Ich wollte nicht, dass es dazu kommt.«

»Ich schon«, bekannte Karin.

»Wie du weißt, habe ich eine Freundin. Und ich will auch mit ihr zusammenbleiben. Das mit uns war ein Ausrutscher.«

»Klar. Das muss ich akzeptieren.« Karin wollte mit aller Kraft vernünftig bleiben und jeden Gefühlsausbruch, jede Peinlichkeit vermeiden. Doch es gelang ihr nicht. Die Oberlippe begann zu zittern, ihre Augen füllten sich mit Tränen, ihr Atem geriet ins Stocken. Sie ballte die Fäuste, bis die Knöchel weiß hervorstanden. Doch alle Anstrengungen waren vergebens, ihr verletztes Herz ließ sich nicht besänftigen und verlangte hartnäckig danach, seinen Kummer auszuschütten.

Hilflos sah Malte die hinter vorgehaltenen Händen immer hemmungsloser schluchzende Karin an. Es war alles seine Schuld. Wie konnte er sie trösten? Sollte er sie in den Arm nehmen? Nein, das auf keinen Fall! Er musste irgendetwas sagen. Bloß was, da er ihr doch das, was sie hören wollte, nicht sagen konnte? Kam da jedes andere Wort nicht einer weiteren Grausamkeit gleich?

Zum Glück fing Karin sich nach ihrem heftigen Ausbruch rasch wieder. Sie wischte sich ihre Tränen ab, ihr Atem wurde regelmäßiger und auch ihre Stimme wurde wieder fester. »Ich wollte echt nicht heulen«, sagte sie verlegen. »Tut mir Leid.«

»Ich muss mich entschuldigen«, entgegnete Malte. Und er meinte es auch so. »Wie ich mich dir gegenüber verhalten habe, war nicht korrekt.«

»Vergiss es. Es gehören immer zwei dazu. Lass es uns einfach vergessen. Hiermit versichere ich dir, dass ich nichts von dir erwarte. – Freunde?« Sie hielt ihm ihre Hand hin.

Malte schlug ein. »Freunde.«

Leider würde es mit dieser Übereinkunft nicht getan sein. Die Unbefangenheit zwischen ihnen war ein für allemal dahin. Karins unerwiderte Gefühle und Hoffnungen, die weit über das Erlebnis einer Nacht hinausreichten, und Maltes schlechtes Gewissen standen zwischen ihnen.

Karin erhob sich, nahm Pats Bild von der Kommode und betrachtete es. »Ist sie das?«, fragte sie.

»Ja.«

»Fünfzig Kilo, oder?«

»Einundfünfzig.«

»Keine schlechte Wahl.« Sie stellte das Bild zurück.

Malte brachte sie zur Haustür. Etwas lag ihr noch auf der Seele. »Wenn deine Freundin nicht wäre, hätte ich dann eine Chance?«, sprach sie es schließlich aus.

»Klar«, log Malte, »absolut.«

»Krieg ich noch einen letzten Kuss?«

»Besser nicht.«

Sie nickte. »Du hast Recht. Wir müssen vernünftig sein.«

Als die Tür hinter ihr zugegangen war, blieb Malte noch ein wenig nachdenklich stehen. Er wurde das Gefühl nicht los, dass diese Sache noch nicht ausgestanden war. Und noch etwas anderes wurde ihm klar: Er musste Pat die Wahrheit sagen. Zwischen ihnen musste vollkommene Aufrichtigkeit bestehen.

Malte zögerte nicht und rief Pat sofort an. Ein Glück, sie war zu Hause. Sein Herz schlug bis zum Hals, als er ihr von

Karin, vom Alkohol und von der seltsamen Mischung, die beides ergeben hatte, erzählte. Völlig zerknirscht nahm er Karin sogar in Schutz und übernahm die volle Verantwortung, nicht ohne in jedem dritten Satz sein tiefes Bedauern auszudrücken.

Pat hörte schweigend zu. Als er zu Ende gesprochen hatte, blieb es noch einen langen Moment still. Ein Moment voll quälenden Unbehagens. Dann sagte sie: »Ich muss dir auch etwas gestehen, Malte.«

Das war ja eine schöne Überraschung! Während er sich vor Gewissensbissen nicht mehr zu helfen gewusst hatte, hatte Pat sich, wie Malte nun erfahren musste, mit einem gleichaltrigen Mitschüler ihres Colleges vergnügt. »Wer ist es?«, wollte er, starr vor Schreck, wissen.

»Du kennst ihn nicht«, versetzte Pat zerknirscht. »Ich frage dich ja auch nicht nach diesem Mädchen. Wir sollten uns gegenseitig nicht noch mehr wehtun.«

Doch Malte ließ nicht locker, bis sie ihm endlich den Namen verriet: Justin Martello. Hörte sich italienisch an. »Latinlover, was?«, sagte er aufgebracht.

Pats Zerknirschung wich offener Auflehnung. »Was spielst du dich so auf? Du hast mich schließlich auch betrogen! Ich tu mir das nicht länger an. Wenn du dich beruhigt hast, kannst du mich ja wieder anrufen.«

»Pat!«

Zu spät, sie hatte schon aufgelegt. Malte war außer sich. Was bildete sie sich ein? Er wollte schon ihre Nummer wählen, ließ es dann aber bleiben. Wahrscheinlich hatte sie Recht. Es war besser, wenn er sich erst wieder beruhigte, ehe er ihr noch Dinge an den Kopf warf, die ihm später Leid tun würden. Im Übrigen war er wirklich nicht in der günstigen Position, Pat Vorwürfe machen zu können.

Malte holte aus seinem Zimmer Pats College-Jahrbuch des vergangenen Schuljahres, das sie ihm geschenkt hatte. Darin war von jedem Schüler ein Foto. »Justin Martello, Justin Martello ...«, murmelte er die ganze Zeit vor sich hin, während er blätterte.

Schon bald wurde er fündig. Justin Martello. Ein beneidenswert gut aussehender junger Mann, ein Typ mit dunklen Augen, die bestimmt jeder Frau wohlige Schauder über den ganzen Körper jagten, und eine Sportskanone noch dazu. Damit war für ihn der Beweis erbracht, dass Pat ihn mehr betrogen hatte als er sie. Befriedigung, Verletztheit und Eifersucht gingen eine eigenartige Verbindung in seinem Innern ein.

Als Malte aufblickte, sah er Nina in der Tür stehen. »Stimmt was nicht?«, fragte sie. Sie hatte mitbekommen, wie er am Telefon laut geworden und dann die Treppe heraufgepoltert war. Ganz zu schweigen von Karins Schluchzen zuvor. In knappen Worten erzählte Malte, was passiert war.

»Und wieso bist du jetzt sauer auf Pat?«, wollte Nina wissen. »Du hast sie doch auch betrogen.«

»Ja, aber ...« Er hielt ihr das College-Jahrbuch hin und deutete auf Justin Martellos Foto. »Verstehst du jetzt? Sie hatte George Clooney und ich die Dicke von der Kelly Family.«

Für so viel männliche Überheblichkeit fehlte Nina das Verständnis. »Du machst dich lächerlich, Malte«, sagte sie mit einem Kopfschütteln. »Wenn man mit jemandem schläft, gibt es doch keine Wertunterschiede, je nach Aussehen.«

»Doch.«

Da kam von unten ein lauter Knall. Die Haustür war mit Wucht ins Schloss gefallen.

Dann konnte man Lukas die Treppe heraufstampfen hören. »Blöde Weiber!«, tobte er dabei. »Ich verliebe mich nie wieder!« Er verschwand in sein Zimmer, ließ auch hier die Tür laut zuknallen und drehte den Schlüssel um.

Nina und Malte sahen sich betroffen an. Offenbar hatte sich die Liebesfreude im Nu in Liebesleid verwandelt. Nina klopfte an Lukas' Tür. »Mach doch auf und lass uns miteinander reden!«

»Gibt nichts zu reden«, kam es störrisch von drinnen.

»Hast du Ärger mit Lisa?«, fragte Malte.

»Die kannst du vergessen! Sie ist in einen anderen verknallt. Einen Älteren, der angeblich besser aussieht als ich. Und jetzt lasst mich in Ruhe.«

Nina wollte es noch einmal versuchen, aber Malte hielt sie ab. »Besser wir lassen ihn.«

»Wir sind schon eine tolle Familie«, sagte sie lachend. »Wir haben alle ein zerrüttetes Liebesleben.«

»Alle?«, fragte Malte erstaunt. »Du etwa auch?«

»Wie man's nimmt.« Sie erzählte von ihrer angeblichen Nacht mit Olli. Inzwischen konnte sie über die dumme Geschichte sogar lachen.

Am nächsten Morgen jedoch sollte Nina das Lachen im Halse stecken bleiben, denn sie sah Olli mit Sonja, einem Mädchen aus der Parallelklasse, Arm in Arm über den Pausenhof stolzieren. Ihr dagegen schlugen von allen Seiten teils mitleidige, teils hämische Blicke entgegen.

»Dieser Arsch!«, stieß Nina aus. »So ein Aufschneider!«

»Wieso regst du dich so auf?«, fragte Kai, der neben ihr herging, gelassen. »Du hattest ja eh nichts mit ihm.«

»Das ist doch gar nicht der Punkt! Wie steh ich denn jetzt da? Jeder denkt, der hätte mich nur eben schnell vernascht und mich dann wegen dieser Sonja in den Wind geschossen.«

»Du kümmerst dich viel zu viel um das, was andere Leute sagen.«

Als die beiden das Klassenzimmer betraten, wandten sich ihnen alle Blicke zu, das Stimmengewirr verstummte für einen Moment, ehe es erneut in gewohnter Stärke anhob. Nina liefen abwechselnd heiße und kalte Schauder über den Rücken. Es gefiel ihr gar nicht, dass ihr wirkliches oder vermeintliches Intimleben zu einer Art öffentlicher Angelegenheit geworden war.

Viola kam auf sie zu. »Tut mir echt Leid«, sagte sie, »die Sache mit Olli. Denk dir nichts dabei, diese Sonja ist eine doofe Zicke. Die beiden haben einander verdient.«

»Ph!«, machte Nina nur.

Sonja interessierte sie genauso wenig wie Olli. Das Einzige, was für sie zählte, war ihr Ruf. Und der war momentan ziemlich ruiniert, denn die gesamte Schule hielt sie jetzt für eine, mit der eine schnelle Nummer zu machen war.

Nina nahm Viola beiseite. »Weißt du eigentlich, wer als Erster rumerzählt hat, ich hätte was mit Olli gehabt?«, wollte sie wissen.

Vio legte die Stirn in Falten und zählte an ihren Fingern ab, während sie sagte: »Ich hab es von Anette, die hatte es von Laura und Laura von Silke, Silke wiederum wusste es von Olli selbst.«

Ninas Miene verfinsterte sich. Also doch. »Ist das sicher?«, fragte sie noch einmal nach.

»Silke ist verlässlich. Wenn die was sagt, stimmt es meistens auch.«

Nina rieb sich das Kinn, checkte die Mädchen im Geiste noch einmal ab. Mit keiner von ihnen lag sie in Streit, die meisten kannte sie ohnedies nur flüchtig. Keine hätte also Grund gehabt, die Sache zu erfinden oder aufzubauschen. Damit war endgültig klar: Der Ursprung des Gerüchts musste bei Olli liegen. Na warte, dachte Nina. Was du kannst, kann ich schon lange.

In der Pause schlenderte sie mit Vio über den Schulhof. Dabei kamen sie auch an Olli und seiner neuen Flamme vorbei, die hemmungslos turtelten. Vio legte den Arm um die Freundin und fragte mitfühlend, wie es ihr gehe.

Nina zuckte die Schultern. »Es ist vielleicht für alle das Beste. Zwischen Olli und mir hat es sowieso nicht geklappt.«

Schlagartig wurde Viola hellhörig. »Das musst du mir schon genauer erklären«, sagte sie.

»Da gibt's nicht viel zu erklären, weil so gut wie nichts passiert ist. Zwischen Wollen und Können ist eben ein Unterschied.«

Violas Augen wurden immer größer. Wenn sie das den anderen Mädchen erzählte, die würden vielleicht staunen.

Der tolle Olli – im Bett eine Niete! Das war eine Sensation.

Nina wusste, dass auf Vio Verlass war. Sie würde die vermeintliche Neuigkeit sofort in Umlauf bringen, bis zur letzten Stunde würde es die ganze Schule wissen. Ein zufriedenes Lächeln legte sich auf Ninas Lippen. Konnte Rache schön sein!

Manchmal aber auch ganz schön gefährlich. Diese Erfahrung musste Malte an diesem Morgen machen. Er war nach einer Vorlesung mit René und Klaus in die Cafeteria gegangen, um sich einen Kakao zu holen, als er plötzlich auf grobe Weise und mit voller Absicht angerempelt wurde, und zwar von einem riesigen, sportlichen Typ, der irgendwie gefährlich aussah. Karins Freund Steffen, wie sich herausstellte. Er hatte eine Mordswut im Bauch. Und in diesem Bauch hatte eine Menge Wut Platz.

Doch zum Glück stellte sich heraus, dass er eher an einem vernünftigen Gespräch interessiert war als an körperlicher Auseinandersetzung. Malte versicherte ihm, nichts von Karins Beziehung gewusst zu haben. Die Nacht mit ihr sei nur eine einmalige Sache, ein Ausrutscher gewesen, schon allein weil er selbst eine Freundin habe. Steffen glaubte ihm, berichtigte aber: »Liiert gewesen. Sie hat deinetwegen mit mir Schluss gemacht.«

Malte spürte, wie nahe Steffen die Trennung ging. Was hatte er da nur angerichtet? Seltsam war allerdings, dass Karin mit Steffen Schluss gemacht hatte und nicht umgekehrt. »Hättest du ihr denn vergeben?«, fragte er. »Schließlich hat sie dich betrogen.«

»Das nehme ich ihr auch übel«, erwiderte Steffen. »Aber ich könnte es ihr verzeihen. Wir kennen uns doch schon so lange. Sie war meine erste Freundin. Trotzdem hatte ich nie das Gefühl, irgendwas versäumt zu haben. So was wirft man doch nicht wegen einer einzigen Nacht weg. Wir wollten bald zusammenziehen und …« Er konnte nicht weitersprechen.

Malte sah ihn betroffen an. Trotz seiner körperlichen Größe schien Steffen sehr sensibel zu sein, und er hatte etwas, was man seelische Größe nennt, von der Malte sich eine Scheibe abschneiden konnte. Wie kleinlich war er selbst dagegen in seinem Zorn auf Pat, nur weil sie für ihren Seitensprung eine äußerlich glücklichere Wahl getroffen hatte.

Malte fasste spontan einen Entschluss. Da er nicht ganz unschuldig an der Trennung von Steffen und Karin war, empfand er es als seine Pflicht, wenigstens alles zu tun, um sie wieder zusammenzubringen.

Aus diesem Grund besuchte er Karin nach der Uni zu Hause. Sie war sichtlich erfreut, ihn zu sehen, und bot ihm Kaffee an, den er aber ablehnte. »Ich hab Steffen kennen gelernt«, sagte er nur, nachdem er sich gesetzt hatte.

Karin schlug die Augen nieder. »Hat er dir die Ohren voll geheult?«, fragte sie.

»Nein, hat er nicht. Er ist sehr nett.«

»Das stimmt.«

»Wieso machst du dann mit ihm Schluss?«

Karin blickte wieder auf. »Nett allein genügt mir eben nicht mehr. Du hast gesagt, wenn du nicht mit deiner Freundin zusammenwärst ...« Sie beendete den Satz nicht, biss sich auf die Unterlippe. »Ich will was Besseres als Steffen«, sagte sie dann.

Malte schüttelte den Kopf. »Denkst du dabei etwa an jemanden wie mich? Einen Typen, der seine Freundin betrügt und dich nach einer Nacht abserviert? Glaubst du, Steffen hätte das gemacht?«

Natürlich nicht, dachte Karin, er würde so schnell keine rumkriegen, die er abservieren könnte. Aber sie wusste, dass das nicht stimmte. Steffen war ein von Grund auf ehrlicher Mensch, der zu keinem Betrug fähig wäre, selbst wenn er es gewollt hätte.

»Ich hab dich belogen, weil ich dir nicht wehtun wollte«, fuhr Malte nach einem langen, bleiernen Schweigen fort. »Ich mag dich echt gerne, aber mehr als Freundschaft wäre zwischen uns nie drin. Mit Pat hat das überhaupt nichts zu tun. Und mit Pat bin ich nicht nur zusammen, weil sie gut aussieht. Ich habe das Gefühl, dass sie der Mensch ist, der zu mir gehört.«

Karin nickte. Sie wusste genau, von welchem Gefühl er sprach. Das Gleiche hatte sie ja auch für Steffen empfunden.

Als Malte Karin verließ, hatte er das gute Gefühl, sie nachdenklich gestimmt zu haben. Und das berechtigte ihn zu der Hoffnung, dass sie auch wieder zur Vernunft kommen würde. Aber er nahm noch etwas anderes aus diesem Gespräch mit: die Erkenntnis, dass man eine Beziehung, die sich lange bewährt hatte, nicht wegen Eitelkeiten und verletztem Stolz aufs Spiel setzen durfte.

Kaum zu Hause angekommen, rief er sogleich Pat an. Er entschuldigte sich für seine kleinlichen Vorwürfe und schon bald war der alte Friede zwischen ihnen wiederhergestellt. Ein schnelles Wiedersehen wurde beschlossen. Es hätte noch vieles andere zu besprechen gegeben, doch Malte kam nicht mehr dazu, weil es an der Tür läutete. Obwohl Lukas zu Hause war, rührte er sich nicht. Seit Lisa ihn sitzen lassen hatte, verbarrikadierte er sich geradezu in seinem Zimmer. Verärgert beendete Malte sein Gespräch und öffnete.

Lisa stand vor der Tür und lächelte ihn mit ihrem strahlendsten Lächeln an. »Komm rein«, sagte Malte. »Lukas ist oben und …«

»Ich will nicht zu Lukas«, unterbrach ihn Lisa. »Ich will zu dir.«

Malte sah sie einen Moment verdutzt an. Allmählich dämmerte ihm, was hier vor sich ging. Selbstbewusst ging Lisa voraus ins Wohnzimmer, ließ sich auf das Sofa fallen und schlug kokett die Beine übereinander. »Zwischen uns hat es gleich gefunkt«, sagte sie und klimperte mit den Wimpern.

Zögerlich nahm auch Malte Platz. Er war sprachlos. Wie alt mochte sie sein? Dreizehn? Vierzehn? Ihre Dreistigkeit nötigte ihm allerdings Respekt ab.

»Klar, du hast Skrupel wegen Lukas«, fuhr Lisa fort und strich sich eine Haarsträhne hinters Ohr. »Aber er wird darüber hinwegkommen. Er ist ja noch so jung. Zwischen ihm und mir war ja eigentlich nichts. Zwischen dir und mir aber … das ist reinste Magie.«

»Magie …«, wiederholte Malte.

Sie nickte. »Ich brauche einen Mann und keinen dieser kleinen Jungs, die mir in der Schule zu Füßen liegen.«

»Wenn das so ist.« Er lehnte sich zurück und sah sie an. Dabei kam ihm eine Idee, wie er ihr am besten den Kopf gerade rücken konnte. Sie wollte einen Mann? Den konnte sie haben.

»Ich bin froh, dass du diesen direkten Weg gegangen bist«, sagte er. »Wir beide sind füreinander geschaffen. Wir sollten keine Zeit verlieren. Was denkst du, wann du hier einziehen könntest? Nimmst du eigentlich die Pille? Ich möchte schon Kinder, aber erst in ein oder zwei Jahren. Also, die Pille solltest du nehmen, denn das Gefummel mit Gummis … na ja, du kennst das ja.«

Lisas Augen wurden immer größer. Sie brachte kein Wort mehr heraus. Irgendwie hatte sie sich das anders vorgestellt. Oder vielmehr: Ihr wurde klar, dass sie überhaupt keine Vorstellung gehabt hatte, was es bedeutete, mit einem Mann zusammen zu sein. Sie räusperte sich, sprang auf und lief wortlos hinaus. Wenig später fiel die Haustür ins Schloss.

Malte ging nach oben zu Lukas, um ihm zu erzählen, was passiert war. Aber Lukas wusste schon Bescheid. Er hatte oben auf dem Treppenabsatz gelauscht. »Der brauchst du nicht nachzutrauern«, sagte Malte, »sie ist es nicht wert.« Er zögerte einen Moment. »Da wäre noch etwas anderes, worüber wir mal sprechen sollten«, sagte er dann.

»Du meinst über Sex?«, versetzte Lukas direkt. Nina hatte ihm gesteckt, dass Malte ein großes Aufklärungsgespräch plante. Aber gerade jetzt hatte er dazu keine Lust. »Ich weiß Bescheid«, sagte er und winkte ab.

»Über alles?«

»Mir langt es.«

Malte atmete auf. Das war ja leichter gewesen als angenommen.

Die Saat, die Nina verstreut hatte, hatte ein paar Tage später reiche Frucht gebracht. Innerhalb von zwei Tagen war Olli vom Mädchenschwarm zur Lachnummer geworden. Nina wusste, dass es nur eine Frage der Zeit sein würde, bis er sich bei ihr melden würde.

Da Kai an diesem Tag in der Schule gefehlt und Lukas schon eine Stunde früher frei gehabt hatte, fuhr sie allein mit dem Fahrrad nach Hause. Plötzlich tauchte ein Golf neben ihr auf. Olli. Er bedeutete ihr mit einem Handzeichen, sie solle anhalten, was Nina nur zu gerne tat. Auf dieses Gespräch freute sie sich schließlich schon seit Tagen.

»Die ganze Schule zerreißt sich das Maul über mich wegen dieser Sache«, sagte er wenig später, lässig an die Motorhaube seines Wagens gelehnt.

»Schlimm, so was«, erwiderte Nina nur.

»Tu bloß nicht so unschuldig«, fuhr er auf. »Wie kommst du dazu, herumzuerzählen, ich würde keinen hoch kriegen?«

Nina zuckte die Schultern. »Das war ich nicht. Du weißt ja, wie das ist. Die Leute reden immer.«

»Aber wir hatten doch nie was miteinander.«

»Ich hatte bisher nicht den Eindruck, dass dich dieses Gerede gestört hätte.«

Nina wollte wieder auf ihr Rad steigen, doch Olli hielt sie zurück. Er hatte das Gerücht mit Nina in die Welt gesetzt, um Sonja auf sich aufmerksam zu machen. So weit war sein Plan aufgegangen, denn Sonja war darauf angesprungen. Sie war ein Mädchen, das andere immer ausstechen musste, und bekannt dafür, dass sie jedem Mädchen den Freund ausspannte. Das war eine Art Sport für sie.

Olli bereute das Ganze inzwischen aufrichtig, nicht wegen Nina, sondern weil Sonja sich als ziemliches Ekelpaket erwiesen hatte. Außerdem hatte sie vor ein paar

Stunden mit ihm Schluss gemacht. Wie sie sagte, wolle sie mit keinem zusammensein, von dem gemunkelt werde, er bringe es nicht. Die Probe aufs Exempel wollte sie schon gar nicht machen, denn diese Peinlichkeit ersparte sie sich lieber. Doch das wollte Olli natürlich nicht zugeben.

»Ich mach dir ein Angebot«, sagte er nun. »Ich mach mit Sonja Schluss und du klärst dafür dieses Gerücht über mich auf.« Ein Angebot mit kurzem Verfallsdatum, wie er wusste, denn Nina würde schon bald erfahren, dass Sonja mit ihm sowieso schon Schluss gemacht hatte.

»Was soll das denn für ein Deal sein?«, fuhr Nina auf. »Mir ist doch völlig schnurz, ob du mit Sonja oder sonst wem rummachst. Mich ärgert nur, dass du über mich Lügen erzählt hast.«

Olli steckte in einer Zwickmühle. Wenn er zugab, dass er die Sache mit Nina erfunden hatte, stand er erst recht wie jemand da, der es nötig hatte. Dadurch würde das zweite Gerücht nur weitere Nahrung erhalten. Wenn Nina es aber gar nicht auf ihn abgesehen hatte, womit konnte er sie dann dazu bringen, seinen Ruf wiederherzustellen?

»Könntest du nicht erzählen, wir hätten es noch einmal versucht und dann hätte alles prima geklappt?«, bat er sie zuletzt einfach nur.

»Das hättest du wohl gern«, entgegnete Nina und ließ ihn einfach stehen.

Der Verdacht

Frick tobte. Frick drohte. Und Frau Puschke war auch nicht begeistert. Maßlos enttäuscht war sie. Hinter einem der freundlichen Kindergesichter versteckte sich ein Dieb. Ein Comicheft – *Kampf der Giganten*, Heft vier – war gestohlen worden. Das war schon der zweite Diebstahl innerhalb einer Woche. Vor zwei Tagen erst war Sarahs Teddybär spurlos verschwunden. Und wo war er wieder aufgetaucht? In Lukas' Schultasche. Obwohl er heftig bestritten hatte, mit der Sache irgendetwas zu tun zu haben, und ratlos war, wie das Diebesgut in seine Schultasche gekommen war, stand er natürlich auch jetzt sofort unter Verdacht.

In einem unaufmerksamen Moment warf Banknachbar Til einen raschen Blick in die Schultasche seines Freundes. Und siehe da: *Kampf der Giganten*, Heft vier, lugte zwischen den Büchern hervor. Til zog es heraus. »Mensch, Alter«, sagte er so laut, dass nicht nur Lukas es hören konnte, »da ist ja Tobias' Comic.«

»Ach nee«, kam es sogleich von Lorenz, »wieder mal der Reetkoven. Sieh an.«

Lukas warf ihm über die Schulter einen bösen Blick zu und lief feuerrot an. Lorenz war schon immer ein Neidhammel gewesen, aber seit Lukas Waise war, benahm er sich noch gehässiger und redete ständig vom »Waisenbonus«. Und Til kriegte auch etwas von diesem verärgerten Blick ab. Wieso musste er seinen Fund so laut hinausposaunen?

Frau Puschke unterbrach den Unterricht und kam an Lukas' Bank. Sie nahm das Corpus delicti und reichte es seinem Besitzer. Der identifizierte es anhand eines Kakaoflecks auf Seite fünf glaubwürdig als das seine. Alle warteten nun darauf, dass gleich ein Donnerwetter niedergehen würde. Doch es kam nicht. Zumindest noch nicht. »Wir sprechen uns nach der Stunde«, sagte die Lehrerin nur zu Lukas und fuhr mit dem Unterricht fort.

Nach der Deutschstunde war für Lukas und seine Klasse an diesem Tag Schulschluss. Während die anderen den Klassenraum verließen, blieb Lukas auf seinem Platz sitzen. Frau Puschke sah ihn streng an. »Ich war das nicht«, beteuerte er, noch ehe sie etwas gesagt hatte.

»Und wie kommt das Heft in deine Tasche? Und vor zwei Tagen der Teddybär?«

»Wenn ich es doch nicht war.« Mehr fiel Lukas nicht ein. Er hatte keine Ahnung, wie die Sachen in seine Tasche gelangt waren. Irgendjemand wollte ihm was anhängen. Bloß wer? Ohne einen Verdächtigen wirkte das wie eine Schutzbehauptung, das war Lukas klar.

Die Lehrerin sah den Jungen nachdenklich an. Sie wusste, wie schwer es für ihn gewesen war, mit dem Tod seiner Eltern fertig zu werden. Ganz hatte er es bis heute nicht geschafft. Deshalb hatte es immer wieder Schwierigkeiten gegeben. Waren auch diese Diebstähle wieder nur ein Signal, ein Hilferuf?

»Ich weiß, dass du seit dem Tod deiner Eltern eine schwere Zeit durchmachst«, sagte Frau Puschke.

»Was haben denn meine Eltern damit zu tun?«, fiel Lukas ihr ins Wort.

»Du kannst über alles mit mir sprechen. Nur eines verlange ich von dir: Ehrlichkeit.«

»Ich weiß nicht, wie das Zeug in meine Schultasche gekommen ist«, beteuerte Lukas. »Ehrenwort! Glauben Sie mir das?«

Sie nickte.

Mit hängenden Schultern verließ Lukas die Schule. Er war kein Dieb. Mit Teddybären spielte er schon lange nicht mehr und *Kampf der Giganten* fand er doof. Wieso sollte er sich diesen Kram also unter den Nagel reißen?

»Na, wieder ordentlich eingeschleimt?«, höhnte Lorenz, der Lukas bei den Fahrrädern erwartet hatte. »Irgendwann ist auch dein Waisenbonus aufgebraucht.« Dann ließ er das Vorderrad seines Mountainbikes hochsteigen und sauste davon.

Idiot, dachte Lukas.

Er fragte sich, wo Nina blieb. Dann fiel ihm ein, dass sie und eine Reihe anderer aus ihrem Jahrgang heute wieder Tanzstunde hatte.

Die Mädchen wussten sich zumeist wenigstens mit einer gewissen natürlichen Eleganz zu helfen, wenn schon nicht mit der richtigen Schrittfolge, bei manchen Jungen aber schien Hopfen und Malz verloren zu sein. Unbeholfen staksten sie über das glänzende Parkett des Tanzsaales. Dennoch kein Grund für Tanzlehrer Werner Rotluff, den Mut zu verlieren. »Jeder, der laufen kann, kann auch tanzen!« Das war seine Maxime.

Nina hatte großen Spaß am Tanzen. Und wahrscheinlich hätte sie ihn auch genießen können, wenn die anderen Mädchen nicht schon wieder ständig herumgezickt hätten. Allen voran Jacqueline. Nur weil Nina die meiste Zeit mit deren neuen Freund Thomas tanzte, machte sie ihr eine Szene.

»Glaubst du, ich merke nicht, wie du die ganze Zeit an ihm rumschraubst«, hielt sie ihr vor. »Nimm dich bloß in Acht!«

Nina seufzte. Ihr Interesse an Thomas reichte über das Tanzen nicht hinaus. Sie konnten eben sehr gut miteinander tanzen. Was hatte das mit »rumschrauben« zu tun? Außerdem: Wenn Jacqueline Angst hatte, Thomas deswegen zu verlieren, war es mit ihrem Vertrauen zu ihm nicht weit her.

Am Ende der Tanzstunde war Nina ziemlich genervt von dem ganzen Getue, das vor allem die Mädchen mit dem Unterricht veranstalteten. Ständig drehte sich alles nur um Klamotten und Typen und Wer-mit-wem. Und bloß, weil sie mit jemandem gerne tanzte, fingen schon wieder das Getuschel und die Verdächtigungen an und zuletzt musste sie sich auch noch dumm anmachen lassen.

»Ich will niemanden abschleppen«, erklärte sie Kai, als sie die Tanzschule verließen. »Für mich ist Tanzen Sport.

Für mich macht es keinen Unterschied, mit wem ich tanze. Aber wenn das schon wieder so kompliziert wird, dann lasse ich es lieber.«

Kai hatte ihr geduldig zugehört. Obwohl er Jacqueline genauso unausstehlich fand, konnte er sie verstehen. Zwischen Nina und Thomas gab es beim Tanzen eine körperliche Harmonie, die eifersüchtig machen musste. Ihm ging es ja genauso.

Als Nina jetzt drohte, den Tanzkurs abzubrechen, hatte Kais Geduld ein Ende. Schließlich war er nur ihr zuliebe mitgekommen. »Was soll das denn bitteschön heißen?«, fragte er. Sie waren inzwischen bei den Fahrrädern angekommen.

»Dass ich aufhöre, wenn es so weitergeht.«

»Und was soll ich dann machen?«, fuhr Kai auf. »Seit Wochen verpasse ich eine Bandprobe nach der anderen und riskiere sogar, mich lächerlich zu machen, weil ich hier den Wiegeschritt übe. Und warum? Weil du nicht allein gehen wolltest. Aber du lässt mich an der nächsten Ecke stehen, wenn es dir passt.«

Kai war mit jedem Wort aufgeregter geworden. Es ärgerte ihn, dass Nina mit ihm machen konnte, was sie wollte, nur weil er sie gerne hatte. Das machte ihn unfrei und verletzlich. Und Nina machte wissentlich oder unwissentlich davon Gebrauch.

»Mann, bist du kompliziert«, sagte Nina nur, als würden nur ihre Gefühle zählen, und schloss ihr Fahrrad auf.

»Ich und kompliziert? Ne. Du machst es dir zu einfach.«

Nina antwortete nicht, sondern nahm ihr Rad aus dem Ständer, stieg auf und fuhr davon, ohne auf Kai zu warten. Manchmal kannst du auch eine ganz schöne Zicke sein, dachte er verärgert, während sie um die Ecke bog und verschwand.

Als Ninas Wut sich auf dem Nachhauseweg nach einer Weile gelegt hatte, sah sie ein, dass Kai nicht ganz Unrecht hatte. Sie hatte ihn gebeten, mit ihr die Tanzstunden zu besuchen, damit es unter all den Verrückten wenigstens einen vernünftigen Menschen gab. Ihn jetzt allein sitzen zu lassen, wäre höchst unkameradschaftlich gewesen. Deshalb entschloss sie sich, den Kurs weiterhin zu besuchen. Allerdings rückte dadurch ein Problem näher, das sie bisher vor sich her geschoben hatte: Sie brauchte ein Kleid für den Abschlussball.

Vor dem Haus kam ihr Malte entgegen. Vielleicht konnte er ihr ja bei der Auswahl eines Kleides helfen. Doch er war in Eile und deshalb wortkarg. »Hallo« und »Tschüss«, das war so ziemlich alles, was er sagte.

Wie Nina wusste, fing Malte heute einen Studentenjob an. Er wollte neben seinem Studium arbeiten gehen, um sich Geld für einen Flug nach Boston zu verdienen. Sie konnte ja verstehen, dass er seine Pat wiedersehen wollte. Aber Lukas witterte gleich wieder Verrat. »Wahrscheinlich kommst du gar nicht mehr wieder!«, sagte er, als Malte seinen Geschwistern davon erzählte, und war eingeschnappt.

Nach den jüngsten Fehltritten und Missverständnissen hatten Malte und Pat erkannt, dass es höchste Zeit für ein Wiedersehen war. Doch als Malte seiner Freundin versprach, er werde sogar Putzen gehen, um das Geld für den Flug zu verdienen, hatte er nicht gedacht, wie wörtlich das Schicksal sein Angebot nehmen würde. Bei der studentischen Jobvermittlung gab es tatsächlich nur noch eine Stelle bei einer Reinigungsfirma.

Ausgerechnet an seinem ersten Arbeitstag kam Malte auch noch zu spät. Die Daumen hinter die Hosenträger geklemmt, erwartete sein Chef Krüger ihn schon ungeduldig am Eingang der Sporthalle. Maltes Entschuldigungen quittierte er nur mit einem unverständlichen Brummen. Dann reicht er ihm seinen Arbeitsanzug, einen Overall mit dem Namenszug der Firma auf dem Rücken.

Während der Arbeit wurde Malte von einem seiner Kollegen besonders misstrauisch beäugt: Horst, einem vierschrötigen jungen Mann mit Kurzhaarfrisur und, wie sich schon bald herausstellte, schlichter Intelligenz. Offenbar war er auf letztere auch noch stolz, denn er verfolgte alles, was nicht aus seiner Welt kam, mit unversöhnlicher Gehässigkeit. Das aber waren für ihn schon die einfachsten Formen von Bildung und Kultiviertheit.

Alle Vorurteile Horsts schienen sich zu bestätigen, als Malte die Waschräume als Aufgabenbereich zugewiesen wurden. Waschräume waren für Horst die Filetstücke in diesem Job. Chromglänzende Armaturen, funkelndes Email, schimmernde Kacheln und über allem der Geruch scharfer Essigreiniger – ein Hochgenuss, verglichen mit den widerwärtigen Toiletten und faden Fluren.

Krüger erstickte Horsts Protest im Keime. Und nicht einmal einweisen durfte er den Neuen. Aber er würde ihn nicht aus den Augen lassen und ihm die Flügel schon stutzen.

Malte war gerade dabei den Boden zu wischen, da lehnte Horst plötzlich in der Tür. »Wenn du glaubst, du könntest dich beim Chef einschleimen und die besten Jobs abgreifen«, sagte er, jedes Wort pure Verachtung, »... das ist nicht. Schon mal was von hochputzen gehört? Also mach bloß keinen Ärger.«

»Mach ich nicht«, sagte Malte.

Horst packte seine Hände und sah sie sich an. »Zart wie Frauenhände«, spottete er, wurde dann aber schlagartig ernst und fragte mit bohrendem Blick: »Schwulenhände?«

»Treib es nicht zu weit«, versetzte Malte und entzog seine Hände den Pranken des anderen.

»Willst du mir etwa drohen? So einen wie dich rauche ich doch in der Pfeife!« Er kam bedrohlich nahe.

»Horst!«, schallte es da, gerade noch rechtzeitig, durch den Flur. »Stehst du schon wieder dumm rum?«

Für dieses Mal verzog er sich. Doch Malte wusste, dass der Ärger mit Horst damit nicht ausgestanden war. Missmutig wandte er sich wieder seiner Arbeit zu. Als ob die nicht schon unangenehm genug gewesen wäre.

Für die restliche Dauer der Schicht ging Malte Horst so gut wie möglich aus dem Weg. Erleichtert ließ er schließlich nach Feierabend die Sporthalle hinter sich. Vor dem nächsten Tag freilich graute ihm schon jetzt.

Zu Hause erwartete Nina ihn bereits ungeduldig. Er hatte sich noch nicht einmal hingesetzt, da überfiel sie ihn schon mit ihrem Problem. »Ich brauche ein Kleid für den Abschlussball«, sagte sie. »Du musst mir unbedingt helfen.«

»Du kaufst doch sonst deine Klamotten auch allein«, entgegnete Malte zögerlich. Als ob er nicht genug am Hals gehabt hätte.

»Das ist doch was anderes. Diesmal brauche ich fachmännischen Rat.« Sie betonte vor allem das »männisch«.

»Warum machst du das Ganze plötzlich so kompliziert? Ich dachte, Klamotten sind dir egal.«

Nina schlug die pure Unlust entgegen. Das war mal wieder typisch für ihren Bruder. Ständig spielte er sich als die große Autorität auf, aber wenn man ihn mal wirklich brauchte, ließ er einen im Stich. »Weißt du was«, schloss sie die Diskussion ab, »vergiss es einfach.«

Dann musste eben wieder einmal Kai herhalten. Der allerdings schmollte noch, weil er sich wegen des Tanzkurses verschaukelt vorkam. Auch die Versicherung, dass sie den Kurs nicht hinschmeißen werde, versöhnte ihn kaum.

»Mensch, Kai«, sagte sie schließlich und stupste ihn an, »ich weiß doch, dass ich mich manchmal daneben benehme.«

Als sie ihn aus ihren großen braunen Augen ansah, das Haar keck in der Stirn und den Mund gespitzt, war es um Kais Standhaftigkeit geschehen. Wie sollte er ihr da noch böse sein? Wie sollte er ihr irgendetwas abschlagen? Damit war es abgemacht, dass sie am nächsten Tag gleich nach der Schule durch die Boutiquen ziehen würden.

Obwohl Kai der Einkaufstour zunächst mit Widerwillen entgegengesehen hatte, den der schwache Trost seines Vaters – »Da muss ein Mann eben durch, Junge!« – eher noch verstärkt hatte, sollte er wenigstens zum Teil auch auf seine Kosten kommen. Nicht nur, weil er Nina endlich einmal in gewagten Kleidern zu sehen bekam, sondern auch wegen der süßsauren Miene, die sie bei jedem Kleid machte, das über Knielänge nicht hinauskam, und die einfach lustig war.

Der Spaß war allerdings so ziemlich zu Ende, als plötzlich unerwartet Vio in einer der Boutiquen auftauchte. Sie war ebenfalls auf der Suche nach einem Kleid für den Abschlussball. Und obwohl Nina die Begegnung anfangs eher peinlich war, fand sie es schließlich doch eine gute Idee, gemeinsam auf die Suche nach Kleidern zu gehen.

»Dann bin ich ja jetzt überflüssig«, sagte Kai beleidigt.

»Quatsch!«, riefen die Mädchen und: »Sei kein Spielverderber! Gehen wir eben zu dritt!« Sie nahmen ihn in die Mitte, jede von ihnen hakte sich bei ihm unter und so zogen sie von Kaufhaus zu Kaufhaus und von Boutique zu Boutique.

Die Diebstähle in Lukas' Klasse hörten nicht auf. Ein Schreibetui verschwand auf Nimmerwiedersehen, außerdem zwanzig Euro. Und beide Male stand Lukas sofort unter Verdacht. Als er an diesem Tag nach der kleinen Pause zurück ins Klassenzimmer kam, standen Kevin und Lorenz an seinem Platz. Auf dem Pult stand Kevins neuer Joystick, mit dem er noch gestern überall geprahlt hatte.

»Du hast meinen Joystick geklaut!«

Die Anschuldigung traf Lukas wie eine Faust in den Magen. Wann sollte er das getan haben? Er stritt sofort alles ab und so kam es zu einem heftigen Streit, in den sich zuerst Lorenz und dann der Rest der Klasse einmischten, bis endlich Frau Puschke den Raum betrat und einschritt.

Zuerst ließ sie sich den Sachverhalt erklären. Kevin behauptete, den Joystick seit gestern Mittag vermisst zu haben. Zuerst hatte er gedacht, er habe ihn in der Schule liegen gelassen. Doch als er ihn am Morgen dort nicht fand, hatte er in der Pause unter Lukas' Bank nachgesehen. Und, was für ein Zufall, genau dort sei er gewesen.

»Das beweist noch gar nichts«, hielt Frau Puschke ihm entgegen. »Jeder andere könnte ihn dort ebenso versteckt haben.«

»Und was ist mit den anderen Sachen, die bei Lukas aufgetaucht sind?«, hallte es ihr aus vielen Mündern entgegen.

»Bewiesen ist gar nichts. Ihr setzt euch jetzt alle hin!«

Murrend folgten die Schüler dem Befehl. »Typisch«, maulte Lorenz, »nur weil er keine Eltern mehr hat, kommt er mit allem einfach so durch.«

Frau Puschke hatte den Vorwurf gehört, sie sollte ihn wohl auch hören. »Lukas wird behandelt wie jeder andere«, erklärte sie. »Wenn er der Dieb sein sollte, muss er die Konsequenzen tragen. Aber erst muss seine Schuld eindeutig bewiesen sein.«

Lukas spürte die Blicke seiner Mitschüler wie Nadelstiche. Für die war seine Schuld längst erwiesen. Und vielleicht ja auch für Frau Puschke. Vielleicht hatte Lorenz Recht und ihn schützte nur noch sein Waisenbonus.

Bedrückt und gemieden von allen außer Til ging Lukas nach einer Doppelstunde Latein in die große Pause. »Ich halt zu dir, Alter«, versicherte Til, »ob du nun klaust oder nicht. Jedenfalls solange du mein Zeug in Ruhe lässt.«

»Spinnst du?«, schrie Lukas ihn an. »Ich hab die Sachen nicht genommen. Ich dachte, wenigstens du würdest mir glauben.«

»Tu ich ja«, sagte Til eilig. »Verstehst du keinen Spaß?«

»Im Moment nicht.«

»Aber wer sollte dir das Zeug denn zustecken?«, fing Til nach ein paar Sekunden erneut an. »Wenn ich was klaue, will ich es doch behalten, oder?«

Lukas fühlte sich von allen verlassen. Til gab es zwar nicht zu, aber er verdächtigte ihn genauso wie wohl auch Frau Puschke. Mit wem konnte er schon sein Problem besprechen, fragte er sich. Malte hatte keine Zeit für ihn, weil er neuerdings arbeitete, und Nina hatte nur noch ihren Tanzkurs, den Abschlussball und ihr Kleid im Kopf.

»Hallo, Lukas!«, rief ihn da jemand.

Natürlich hatte er die Stimme sofort erkannt. Nina. Sie kam auf ihn zu, aber da lief ihr Violas Freund Chris in den Weg. »Ich hab dich gesucht«, sagte er.

»Ach ja?«

»Ich wollte dich fragen, ob wir zusammen auf den Abschlussball gehen.«

Nina sah ihn überrascht an. »Wieso gehst du nicht mit Vio?«, fragte sie. »Habt ihr euch verkracht?«

»Wir haben Schluss gemacht.«

Nina druckste ein wenig herum. Chris war zwar nett, aber selbst wenn er und Viola sich getrennt hatten, war ihre Freundin bestimmt noch ziemlich empfindlich. Wie würde es da auf Viola wirken, wenn sie mit Chris auf dem Abschlussball erschien? Außerdem hatte sie das dumpfe Gefühl, bei Kai in der Pflicht zu stehen, obwohl er sie bisher noch nicht gefragt hatte.

Chris blieb hartnäckig. »Hast du schon jemand anders zugesagt?«, wollte er wissen.

»Ne, das nicht …«

»Dann ist es also abgemacht. Wir beide gehen.«

Ehe Nina ihm widersprechen konnte, war Chris schon weg. Das war mal wieder typisch Chris. Ständig überrumpelte er einen. Darüber hatte sich Vio auch die ganze Zeit schon beklagt und wenn sie deshalb Schluss mit ihm gemacht hatte, konnte Nina das nur zu gut verstehen.

Sie wollte ihm schon nach, um die Sache aufzuklären, aber da fiel ihr Lukas ein. Als sie sich nach ihm umsah, bemerkte sie, dass er fort war. Im gleichen Moment läutete die Glocke zum Ende der Pause.

Niedergeschlagen schob Lukas sein Fahrrad die Straße entlang. Er hatte es nicht eilig, nach Hause zu kommen. Was erwartete ihn dort schon? Malte war so ein Egoist! Die ganze Zeit dachte er nur daran, wie er am schnellsten von hier weg kam. Man konnte überhaupt nicht mehr mit ihm reden. Wahrscheinlich wäre es ihm ganz recht gewesen, wenn sein kleiner Bruder wegen der vermeintlichen Diebstähle in ein Internat musste. Deshalb hatte Lukas ihm erst gar nichts von seinen Schwierigkeiten erzählt.

Das hatte nun allerdings jemand anders getan: Frau Puschke. Sie hatte Malte an diesem Nachmittag aufgesucht und ihn mit ernsten Worten ins Bild gesetzt. Deshalb wurde Lukas zu seiner Überraschung zu Hause schon dringend erwartet.

»Wo warst du?«, fragte Malte ihn streng.

»Ich bin ein wenig mit dem Fahrrad herumgefahren«, gab Lukas zurück.

»Ich hab den ganzen Nachmittag auf dich gewartet und mir Sorgen um dich gemacht.«

»Was kann ich dafür?«

»Frau Puschke war hier.«

Daher wehte also der Wind. Aber es kam noch besser. Malte knallte eine Hand voll Scheine und Münzen auf den Küchentisch. »Das hab ich in deinem Zimmer gefunden«, sagte er. »Woher stammt das?«

Lukas hatte sich in der Nachbarschaft durch Rasenmähen ein wenig Geld verdient. Es wäre also ein Leichtes gewesen, die Herkunft des Geldes zu belegen. Doch er schwieg. Er wollte, dass Malte ihm auch ohne Beweis glaubte. Außerdem hatte sein Bruder ihm verboten, Jobs anzunehmen, solange er in Latein ums Überleben kämpfte. Die Schule sollte oberste Priorität haben.

»Das ist ja das Letzte, dass du in meinem Zimmer rumschnüffelst«, gab Lukas trotzig zurück. »Verpiss dich doch, mach deinen Job, damit du möglichst schnell genug Kohle verdienst, um hier abzuhauen!«

Malte seufzte. Also wieder die alte Geschichte. Lukas musste begreifen, dass er nicht der Einzige war, der Rechte hatte. Das hatte er ihm schon oft gesagt und er hatte nicht vor, diese Diskussion hier und jetzt wieder von neuem zu beginnen. Es gab weit Wichtigeres zu klären. »Wir müssen miteinander reden, Lukas«, sagte er in versöhnlicherem Ton.

Lukas hob seine Schultasche vom Boden auf. »Ich muss Hausaufgaben machen.« Er wollte an seinem Bruder vorbei, doch der hielt ihn fest. »Hast du die Sachen genommen?«, fragte er und fügte hinzu, als Lukas schwieg: »Wenn sich die Diebstähle nicht aufklären, muss die Schule das Jugendamt einschalten. Vielleicht kommt es sogar zu einer Strafanzeige.«

Lukas gab sich gleichgültig, obwohl sich sein Magen vor Angst zusammenkrampfte. »Dann geh ich eben zu Stein«, sagte er. »Der ist schließlich Anwalt.«

»Tu das ruhig. Stein ist der Erste, der das Internat wieder auf die Tagesordnung bringt.«

»Das kann dir ja nur recht sein. Dann kannst du wieder zu Pat ziehen.«

»Kapierst du denn nicht, worum es geht?« Malte verzweifelte fast an seinem Bruder. Wann würde er endlich begreifen, dass die Alternativen für ihn nicht hießen: Pat oder seine Geschwister?

»Was soll ich denn machen?«, rief Lukas aus. Für einen Moment machte der Trotz Hilflosigkeit Platz. »Wenn du diese Sachen genommen hast, musst du dich entschuldigen und versprechen, dass so was nie wieder vorkommt. Das ist die einzige Chance.«

»Aber ich war's nicht!«, schrie Lukas ihn an. »Warum glaubt mir denn keiner?«

Er machte sich von Malte, der ihn noch immer festhielt, los und rannte in sein Zimmer, wo er sich einschloss. Ratlos blieb Malte zurück.

Mit einem mulmigen Gefühl im Bauch betrat Nina die Tanzschule. Ob sich die Sache mit Chris schon rumgesprochen hatte? Vio war bestimmt sauer, wenn sie davon erfuhr. Obwohl sie eigentlich keinen Grund dafür hatte, denn auch wenn Chris das glaubte, hatte Nina ihm noch lange keine Zusage gegeben.

Kaum hatte Viola sie erblickt, stürmte sie auch schon mit zorniger Miene auf sie zu. »Was fällt dir ein, mit Chris zum Abschlussball zu gehen«, fuhr sie sie an.

»Er hat mich gefragt«, tat Nina unschuldig.

»Deshalb musst du ja nicht gleich ja sagen.«

»Hab ich auch gar nicht. Außerdem hat er gesagt, zwischen euch sei Schluss.«

»Selbst wenn es so wäre«, versetzte Viola zornig, »gäbe es dir noch lange nicht das Recht, dich an ihn ranzumachen.«

»Ich hab mich überhaupt nicht an ihn rangemacht. Er hat gedrängelt.«

Die anderen Mädchen hatten das Wortgefecht der beiden mitbekommen und scharten sich um sie. Jacqueline sah sich in ihrer Ahnung bestätigt, dass Nina eine falsche Schlange sei, die die Unschuld vom Lande nur spielte, während sie in Wahrheit völlig durchtrieben war. Sie zögerte nicht, ihre Meinung auch allen anderen mitzuteilen.

»Chris und ich haben uns zwar gestritten«, erklärte Viola, »aber wir haben nicht Schluss gemacht.«

Nina hatte genug. »Mir reicht's!«, rief sie. »Macht doch euren Scheiß allein!«

Damit drehte sie sich herum und rannte davon. Genau in Kais Arme. Der hatte eben erfahren, dass Nina mit Chris zum Abschlussball gehen wollte und war kaum weniger wütend und enttäuscht als Viola.

»Jetzt fang du nicht auch noch davon an«, fuhr Nina ihm ins Wort.

»Dann stimmt es also.« Er schüttelte den Kopf. »Manchmal bist du so ...« Unsensibel. Gemein. Blind. Das waren nur ein paar Worte, die ihm durch den Kopf schossen. Doch er sprach keines davon aus, weil ihm das richtige Wort fehlte, das all dies zusammen ausgedrückt hätte. Wahrscheinlich gab es dieses Wort gar nicht. Oder es lautete einfach nur: Nina. Er wandte sich ab und lief aus dem Saal.

Nina eilte ihm nach. Sie holte ihn erst auf der Straße ein, wo er sein Fahrrad aufschließen wollte. Doch seine Hände zitterten vor Aufregung so sehr, dass er den Schlüssel nicht ins Schloss brachte.

»Jetzt warte doch«, sagte Nina, die hinter ihm stehen geblieben war. »Wir hatten doch gar nichts abgesprochen.«

»Manche Sachen muss man nicht absprechen«, erwiderte

er. Dann erst drehte er sich um. »Wenn du jemanden brauchst, der mit dir paukt, Kleider aussucht oder sonst wo einspringt, bin ich dir gut genug.«

Nina sah es ja ein. Aber woher sollte sie wissen, was in ihm vorging? Sie hatte stets das Gefühl, er tue das alles, weil es ihm auch Spaß machte und nicht nur ihr zuliebe. »Du hättest ja mal einen Ton sagen können«, meinte sie.

»Das ist es ja. Ich will nicht immer was sagen müssen.«

»Wir sind gute Freunde. Da kann man doch …«

Sie begriff es wirklich nicht. Oder wollte es einfach nicht. »Kann man wirklich so weltfremd sein?«, fragte er. »Du kannst dich doch nicht immer nur selbst in den Mittelpunkt stellen und so tun, als bestünde die Welt nur aus sportlichen und praktischen Dingen.«

Schuldbewusst nickte sie. »Wenn du willst, stelle ich die Sache klar und wir beide gehen zum Ball.«

Kai schüttelte den Kopf. »Du kapierst es einfach nicht. Meinetwegen brauchst du Chris nicht abzusagen. Ich gehe nämlich mit Vio.«

Er schaffte es endlich, den Schlüssel ins Schloss zu fingern und schloss auf. Dann riss er das Rad aus dem Ständer und verschwand.

Nachdenklich kehrte Nina in die Tanzschule zurück. Irgendwie ahnte sie ja, was er meinte. Trotzdem konnte sie nicht verstehen, wieso die Leute manche Dinge so kompliziert machten. Wenn jeder sagen würde, was ihm auf dem Herzen lag, wäre das Leben doch viel einfacher. Stattdessen wurde von einem erwartet, alles im Vornherein zu wissen, und wenn man es nicht wusste, waren die Leute eingeschnappt.

Als wäre der Tag nicht schon turbulent genug gewesen, fand Nina zu Hause auch noch einen ziemlich desolaten Malte vor, der ihr von Lukas' angeblichen oder tatsächlichen Diebstählen erzählte. »Ich komme im Moment nicht an ihn ran«, klagte er. Und das nicht nur, weil Lukas sich im Elternschlafzimmer eingeschlossen hatte.

»Vielleicht fühlt er sich von dir im Stich gelassen«, meinte

Nina. »Deine Reise nach Boston macht ihm ziemlich zu schaffen.« Diesen Eindruck hatte Malte inzwischen auch gewonnen.

Nina ging nach oben und klopfte an die Tür des Elternschlafzimmers. Lukas ließ sie ein. Wenig später saßen sie gemeinsam auf dem Bett.

»Du denkst, alle sind gegen dich«, sagte Nina, »aber das stimmt nicht. Malte und ich glauben dir. Trotzdem spricht vieles gegen dich. Deshalb muss die Sache aufgeklärt werden.« Sie machte eine Pause. Lukas zeigte keine Reaktion auf ihre Worte. »Jeder von uns hat Probleme«, fuhr Nina fort, »und muss versuchen, ein Stück weit allein damit fertig zu werden. Wir dürfen uns nicht immer selbst in den Mittelpunkt stellen. Das gehört nämlich zum Erwachsenwerden dazu.«

Und noch während sie das sagte – es waren ja eigentlich Kais Worte – verstand sie selbst erst so richtig, was ihr Freund damit gemeint hatte.

Lukas nickte. Seine Schwester hatte Recht. Auf seine Situation angewandt hieß das: Es genügte nicht, im Recht zu sein, man musste auch Recht bekommen. Dazu aber musste man einen Beweis haben. Um diesen Beweis zu erbringen, musste er den Dieb auf frischer Tat ertappen.

Gleich am nächsten Morgen teilte Lukas Til seinen Plan mit. Til sollte sein Zeuge sein. Schon ein paar Tage später ergab sich eine günstige Situation. Nach der Pause meldete ein Mitschüler, er vermisse eine CD, die er am Morgen noch in der Schultasche gehabt habe. Alle Blicke wandten sich Lukas zu. Der aber stieß Til nur unter der Bank in die Seite.

Die beste Gelegenheit, um Lukas die CD zuzustecken, war der Sportunterricht, denn dann waren die Sachen der Schüler unbeaufsichtigt im Umkleideraum. Nacheinander stahlen sich Lukas und Til davon, um dem Dieb aufzulauern. Sie versteckten sich in zwei verschiedenen Kabinen.

Es dauerte nicht lange, bis die Tür aufging und jemand

hereinkam. Noch konnte Lukas ihn nicht sehen, aber wenn ihn nicht alles täuschte, dann ging er genau dorthin, wo seine Sachen hingen. Als Lukas hörte, wie ein Reißverschluss aufgezogen wurde, trat er heraus – und staunte nicht schlecht.

Lorenz stand bei seinen Sachen. Er hatte die CD in der Hand. Nun kam auch Til aus seinem Versteck. »Du bist das also, der die Sachen immer klaut!«, rief Lukas. Sprachlos stand Lorenz da.

Es brauchte nur ein paar scharfe Worte von Rektor Frick und Lorenz brach sein Schweigen und gestand unter Tränen alles ein. Zur Begründung für seine Taten gab er an, er sei neidisch gewesen, dass Lukas wegen des Todes seiner Eltern ständig bevorzugt werde. Lukas wurde noch am selben Tag vor der versammelten Klasse vollständig rehabilitiert.

Zu Hause prahlte Lukas vor seinen Geschwistern mit seiner Heldentat. Malte entschuldigte sich für die Zweifel, die er gehabt hatte, und wegen der Durchsuchung seines Zimmers. »Kannst du mir noch einmal verzeihen?«, fragte er.

»Nur, wenn du nicht nach Amerika fliegst«, entgegnete Lukas, obwohl er schon dabei war, sich mit der Reise abzufinden.

»Ach, Lukas«, erwiderte Malte nur.

Zu sehr viel mehr hatte er keine Zeit, denn er musste in die Sporthalle, wo eine neue Schicht in der Putzkolonne auf ihn wartete. Ihm graute davor. Nicht wegen der Arbeit. Ans Putzen hatte er sich gewöhnt. Nicht gewöhnen konnte er sich an Horst und seine Gehässigkeiten.

Kaum hatte Malte mit der Arbeit begonnen, da tauchte Horst auch schon auf und beschuldigte Malte, er habe sich schon wieder die beste Arbeit unter den Nagel gerissen. »Verpiss dich«, zischte Malte nur und arbeitete weiter.

Horst packte ihn an seinem Overall. »Du suchst wohl Streit«, rief er.

»Mit dir doch nicht«, entgegnete Malte herablassend. »Du bist unter meinem Niveau, so hohl wie du bist.«

Horst rastete aus. Keiner nannte ihn ungestraft hohl. Seine Faust schoss vor, Malte hatte die Bewegung zwar bemerkt, aber nicht früh genug, um ihr ganz auszuweichen. Horst traf ihn an der Augenbraue. Das ließ Malte sich nicht bieten. Er schlug Horst gegen die Brust, sodass er ein paar Schritte nach hinten torkelte. Es gab endgültig kein Halten mehr. Im nächsten Moment befanden sich die beiden in einem heftigen Faustkampf, der heftige Spuren in den Gesichtern hinterließ.

Angezogen von dem Lärm kam Schichtleiter Krüger herbei. »Wollt ihr wohl aufhören!«, schrie er die beiden an und ging dazwischen. »Aufhören! Sonst könnt ihr gleich eure Papiere abholen!«

Das wirkte. Keuchend standen sich die Streithähne gegenüber. Krüger allerdings kannte seine Pappenheimer. Horst suchte ja nicht zum ersten Mal Streit mit den studentischen Aushilfskräften. Er packte ihn am Kragen und schob ihn vor sich her. »Wenn ich dich noch einmal hier erwische …«, schrie er ihn an, ließ aber offen, was er dann mit ihm machen würde. »Und du«, rief er Malte zu, »sieh zu, dass du fertig wirst!«

Als Malte sich im Spiegel des Waschraums sah, erschrak er. Überall blaue Flecken, Beulen und Kratzspuren im Gesicht. So ein Mist, dachte er. In zwei Tagen war Ninas Abschlussball. Er hatte ihr fest versprochen, mitzukommen. Aber würde sie ihn so, wie er aussah, überhaupt mitnehmen?

»Du siehst aus wie ein Zombie«, sagte Nina noch zwei Tage später. Allerdings wie ein Zombie in einem Anzug. Lukas war ebenfalls wie aus dem Ei gepellt. Er murrte zwar ein wenig über die viel zu eng gebundene Krawatte, beließ es aber dabei, denn nur unter der Bedingung, dass er sich fein machte, durfte er überhaupt mit.

Nina war so aufgeregt, als sei dies der Tag ihrer Hochzeit. Oder ihrer Hinrichtung. Sie zwängte sich in ihr Kleid, einen cremefarbenen Traum aus Spitzen und Satin. Malte und Lukas blieb der Atem stehen. So hatten sie ihre Schwester noch nie gesehen. Sie sah aus, als wäre sie unmittelbar aus einem Modekatalog herausspaziert. Nun, vielleicht nicht gerade spaziert, denn sie bewegte sich reichlich verspannt. Mit etwas Wohlwollen würde ihre Anspannung aber als Eleganz durchgehen. Am Ende dieses Abends bin ich tot, dachte sie, wahrscheinlich schon früher.

Der Tanzsaal war mit einer Bühne für die Band und nummerierten Tischen ausgestattet worden, Kellner brachten die Gäste zu ihren Plätzen. Nina und ihre Brüder saßen gleich neben Kais Eltern, den Spindlers. Zwischen den Tischen wurde sich sogleich über Lukas' und Tils Heldentat sowie über Maltes lädiertes Aussehen unterhalten.

Nur Kai und Nina blieben einsilbig. Als Kai Nina erblickt hatte, hatte es ihm den Atem verschlagen. Er war zwar beim Aussuchen des Kleides dabei gewesen, aber jetzt und hier wirkte Nina darin noch viel schöner. Deprimiert wandte er den Blick ab. Es hätte so ein schöner Abend für sie beide werden können.

Nina hatte immer noch nicht Platz genommen, obwohl die anderen sie immer wieder dazu aufforderten. »Ich steh ganz gerne«, sagte sie. In Wahrheit hatte sie Angst, ihr Kleid würde sich in seine Einzelteile auflösen, wenn sie sich setzte. Schon im Auto hatte sie nicht zu atmen gewagt.

Chris kam herbei und begrüßte Nina. Auch er war von ihrem blendenden Aussehen fasziniert, was er mit einem ebenso knappen wie aussagekräftigen »Wow!« zum Ausdruck brachte. Der Rest war in seinen Augen zu lesen.

Nina hatte ihn eben mit allen bekannt gemacht, als Viola mit ihren Eltern den Saal betrat. Auf dem Weg zu ihrem Tisch mussten sie ausgerechnet an den Reetkovens vorbei. Vios Eltern stritten sich gerade einmal wieder. Viola hatte für Nina und Chris nur ein paar spitze Bemerkungen im Vorübergehen übrig. Zu allem Überfluss befand sich ihr Tisch auch noch in ihrer Nähe.

Während der Tanzlehrer Werner Rotluff mit ein paar geschraubten Worten den Ball eröffnete, befürchtete Nina das Schlimmste für den Abend. Sie hatte ein Kleid an, in dem sie weder sitzen noch tanzen konnte, Kai, der so tat, als amüsiere er sich mit Vio prächtig, war eigentlich stinksauer, Chris hatte nur Augen für Vio, obwohl Nina blendend aussah, und Vio würzte das Ganze mit bösen Blicken und Bemerkungen. Und dazu spielte die Musik.

Doch es sollte alles ganz anders kommen. Die Band setzte mit einem Foxtrott ein, die jungen Herren erhoben sich von ihren Plätzen, um ihre Partnerinnen zum Tanz aufzufordern. Chris trat vor Nina hin. Doch sie zögerte. Sie sah allzu plastisch vor Augen, wie ihr Kleid sich bei der leisesten Bewegung mit einem großen Knall in Wohlgefallen auflösen würde.

»Was ist?«, kam es schon provozierend von Viola. »Drücken deine Hühneraugen?«

Chris glaubte für seine Partnerin, die seltsam sprachlos dastand, in die Bresche springen zu müssen. »Du kannst es doch nur nicht ab, dass ich mit Nina tanze«, rief er ihr zu.

»Was du nicht sagst! Ich bin viel lieber mit Kai zusammen.« Um das zu demonstrieren, hakte sie sich bei ihm unter. »Nächstes Mal werde ich mich gleich mit ihm verabreden und warte nicht erst, bis du mich sitzen lässt.«

»Ich hab dich sitzen lassen?«, fuhr Chris auf. »Du hast mich sitzen lassen. Oder was war letzten Mittwoch?«

Erst jetzt fing Viola an zu begreifen. »Nur, weil ich dich letzten Mittwoch nach unserem Streit stehen lassen habe, bist du mit Nina gegangen? Sag mal, wie doof bist du eigentlich?« Verärgert ließ sie Kais Arm fahren und rannte hinaus. Chris vergaß Nina ebenfalls und folgte ihr.

Kai und Nina standen einen Moment ratlos da. Dann kam Kai näher. »Äh, willst du tanzen?«, fragte er. Nina zögerte. »Ich muss dir ein Geständnis machen.«

»In diesem Kleid kann man gar nicht tanzen. Man kann darin noch nicht einmal sitzen.« Kai war erst einmal enttäuscht. Dann konnte er nicht anders, er musste lachen.

»Noch was«, fügte sie hinzu und sah ihn an. »Ich bin froh, dass wir …«

»Ja?«

Es war klar, was er hören wollte. War es nicht auch das, was ihr, wenn schon nicht auf der Zunge, so doch tief im Herzen lag? Sie hatte ihn gern. Sie hatte ihn immer gern gehabt, seit sie zusammen Sandkuchen gebacken und sich auf Spielplätzen die Knie aufgeschürft hatten. Aber da gab es auch noch eine andere Form des Gernhabens. So wie zwischen Malte und Pat. Sie war sich nicht sicher, ob das Gernhaben schon in Liebe übergegangen war. Irgendwie hing sie zwischen beidem. Sie war noch nicht soweit, um es wirklich herausfinden zu wollen. Sie wusste aber, dass sie Kai nicht verlieren wollte. »Ich bin froh, dass du mit in den Tanzkurs gekommen bist«, sagte sie schließlich. Ein von Traurigkeit gezeichnetes Lächeln trat auf Kais Lippen. Aber doch war Traurigkeit nicht das Einzige, was sein Herz füllte. Er fühlte auch ein tiefes Glück. Sie meinte ja nicht nur den Tanzkurs. Sie meinte das ganze Leben. Sie meinte: Ich bin froh, dass es dich gibt und dass wir Freunde sind. Und da hatte sie Recht. Das war ein Grund, dankbar zu sein, ein großes Glück. Wer wusste schon, was das Leben sonst noch mit ihnen vorhatte? Kais Gedanken wurden durch Vio und Chris gestört. Arm in Arm kamen sie zurück, offensichtlich wieder versöhnt. Vio entschuldigte sich für ihre Gehässigkeiten und bot Nina wieder ihre Freundschaft an. Nina wollte nicht nachtragend sein. Viola war, wie sie nun einmal war, was sollte man ihr lange böse sein? Da erhob Malte seine Stimme. »Hört mal alle her«, sagte er. »Ich hab nachgedacht. Ich werde nicht nach Amerika fliegen, sondern Pat das Geld für ein Flugticket schicken, sodass sie zu uns kommen kann. Was haltet ihr davon?« »Super! Dann gibt es endlich mal wieder was Anständiges zu essen!«, rief Lukas.

»Wenn du nicht tanzen und nicht sitzen kannst, was machen wir dann?«, fragte Kai. »Vielleicht einen kleinen Spaziergang? Laufen kann ich in dem Kleid zwar auch nicht, aber wenigstens würdevoll gehen.« So verließen die beiden den Saal, Nina an Kais Seite vorsichtig schreitend.

Das konnte sie wirklich gut. Ein Weile folgte ihnen noch die Musik, bis auf die Straße. Dann nahm Nina Kais Hand. Mehr nicht. Aber sie spürten beide, dass es etwas bedeutete.

Lolle rennt – durch das wilde, faszinierende Berlin!

Alexandra Raumer
Berlin, Berlin
Lolle legt los
ISBN 3-8025-2908-1

Schluss mit Jugendliebe Tom! Schluss mit dem behüteten Elternhaus! »Landei« Lolle zieht es nach Berlin – und mit einem Schlag muss sie sich alleine im rauen Großstadtleben zurechtfinden …

Egmont vgs verlagsgesellschaft, Köln

www.vgs.de

Die gewitzte Sekretärin ermittelt . . .

Adelheid und ihre Mörder
Mein geheimes Tagebuch Teil I
ISBN 3-8025-2763-1

Adelheid und ihre Mörder
Mein geheimes Tagebuch Teil II
ISBN 3-8025-2858-1

Egmont vgs verlagsgesellschaft, Köln
www.vgs.de